Ubu Roi

ÉTONNANTS • CLASSIQUES

ALFRED JARRY

Ubu Roi

Édition de
Nadia Ettayeb,
professeur de lettres,
mise à jour pour les Nouveaux Programmes

Flammarion

Édition révisée en 2016.
ISBN 978-2-0813-7949-7
ISSN : 1269-8822

SOMMAIRE

■ Programme d'*Ubu Roi* pour une représentation au théâtre de l'Œuvre à Paris, en 1922.

PRÉSENTATION

Le 10 décembre 1896, au Théâtre de l'Œuvre à Paris, le public découvre avec effarement le Père Ubu : ce personnage drôle et inquiétant, dont le visage est un masque impersonnel[1] surmontant un immense corps difforme, apparaît sur scène en lançant un inaugural « merdre[2] » tonitruant. Faut-il rire, frémir ou s'offusquer face à cette créature qui ne répond en rien, semble-t-il, aux règles de la littérature classique ? La grande majorité des contemporains de Jarry choisit de s'offusquer.

Les origines d'Ubu

Le Père Ubu a pour ancêtre un certain M. Hébert, professeur de physique au lycée de Rennes où Alfred Jarry fait ses études. Ce professeur est pris pour cible par ses élèves, qui le trouvent particulièrement grotesque et qui l'affublent de sobriquets peu

---

1. *Impersonnel* : sans distinction propre à une seule personne. Indépendant de toute particularité individuelle. Le personnage d'Ubu rompt avec l'habitude du théâtre traditionnel qui veut que chaque personnage corresponde à un « type » bien précis (jeune premier, valet, vieillard, bouffon, etc.)
2. *Merdre* : le mot est volontairement transformé, et le redoublement du « r » évoque une sorte de grognement ou de grondement.

flatteurs : Père Heb ou Ébé ou encore Ébon. Il devient le héros d'une épopée [1] burlesque [2] dont le premier épisode, intitulé *Les Polonais*, relate les aventures du Père Heb devenu roi de Pologne.

Revu par Jarry, ce texte devient un peu plus tard la pièce *Ubu Roi*. Elle fut d'abord jouée en 1888 dans des décors de carton-pâte, à l'aide de marionnettes manipulées par des étudiants faisant des appartements de leurs parents le théâtre d'une vengeance. À l'origine, le Père Ubu est donc la caricature féroce d'un professeur détesté, héros malgré lui de tout un cycle dans lequel figure également *Ubu Cocu*. Selon les mots de Jarry, le personnage est « la déformation par un potache [3] d'un de ses professeurs qui représentait pour lui tout le grotesque [4] qui fût au monde [5] ». Rien n'empêche de lire l'œuvre dans cette perspective et de passer ainsi un bon moment, puisque Jarry n'a pas cherché à nier cette dimension. Ainsi, lors d'une représentation, on distribua aux spectateurs un programme sur lequel Ubu était dessiné de sa propre main et les noms des comédiens écrits dans une écriture enfantine comme pour conserver à la pièce un caractère improvisé [6].

Pourtant, entre sa première apparition, face à un public d'étudiants complices et familiers, et son apparition plus officielle sur les planches du Théâtre de l'Œuvre, devant des spectateurs qui ignoraient souvent tout de l'existence du professeur Hébert, le Père Ubu a connu une seconde naissance et s'est s'affranchi de son modèle pour devenir un personnage à part entière.

1. ***Épopée*** : long récit en prose ou en vers qui célèbre les exploits d'un héros.
2. ***Burlesque*** : d'un comique extravagant, presque absurde.
3. ***Potache*** : terme familier désignant un collégien ou un lycéen pas très sérieux.
4. ***Grotesque*** : risible par son apparence, bizarre, caricatural.
5. Discours d'Alfred Jarry prononcé à la première représentation d'*Ubu Roi* au Théâtre de l'Œuvre, le 10 décembre 1896, in *Tout Ubu*, Livre de Poche, 1985, p. 19.
6. Voir illustration, p. 22.

De la caricature à l'invention d'un personnage

Ce n'est qu'en 1891 que le Père Heb devient définitivement le Père Ubu. Devenu étudiant à Paris, Alfred Jarry organise des représentations privées [1] des *Polonais* (qu'il retouche et rebaptise *Ubu Roi*) et d'*Ubu Cocu* [2]. L'œuvre a donc mis du temps à sortir du petit cercle des spectateurs intimes. Mais, après la première représentation dans un vrai théâtre, en 1896, et malgré l'accueil plutôt froid du public, Ubu devient une figure familière et récurrente, comme le sont pour nous certains personnages de bandes dessinées ou de dessins animés. Ainsi Jarry invente-t-il en 1899 un *Almanach du Père Ubu illustré* qui sera prolongé en 1901 par un *Almanach du XXe siècle*. On y trouve un calendrier humoristique sur lequel figurent les éclipses de lune et du soleil mais aussi l'éclipse du Père Ubu (!), les nominations officielles au « grand ordre de la gidouille [3] », ainsi que les commentaires du Père Ubu sur les événements récents (Ubu y dialogue avec sa conscience), des « connaissances utiles et inventions nouvelles », etc. On sent combien Jarry reste attaché à la dérision et s'amuse à écrire tout cela. En outre, certains passages ont une portée satirique et permettent à l'auteur d'exprimer son opinion sur différents aspects de la société de son temps. Jarry, d'ailleurs, se

1. Ces représentations ont lieu dans son appartement parisien.
2. À l'origine, cet épisode écrit par Jarry lorsqu'il était élève au lycée de Rennes s'appelait *Onésime ou les tribulations de Priou*, puis *Les Cornes du Père Heb* ou *Les Polyèdres*.
3. *Gidouille* : le mot désigne, dans le vocabulaire d'Ubu, son énorme ventre.

faisait appeler Ubu par ses amis, comme si lui et son personnage ne faisaient plus qu'un.

À la fin de son existence, Jarry aura écrit en tout cinq cycles qui composent ce qu'on appelle la « geste[1] ubique ». Cette abondante production résume l'attachement de l'auteur à ce personnage, si étrange à nos yeux.

Qu'est-ce qu'Ubu ?

Le Père Ubu n'a rien du héros traditionnel. C'est un prodige au sens où l'entendaient les Romains dans l'Antiquité : un monstre inexplicable qui échappe aux lois connues de la nature, inquiétant parce qu'annonciateur ou générateur de catastrophes.

« S'il ressemble à un animal, nous dit Jarry[2], il a surtout la face porcine, le nez semblable à la mâchoire supérieure du crocodile, et l'ensemble de son caparaçonnage de carton le fait en tout le frère de la bête marine la plus esthétiquement horrible, la limule[3] ». Ubu est donc la monstrueuse synthèse de divers animaux.

Mais le personnage n'est pas seulement prodigieux par son aspect physique, il l'est également par la démesure qui le caractérise. Contrairement à l'Avare de Molière, par exemple, il n'incarne pas un caractère précis mais un ensemble de vices : la bêtise, la couardise et une cruauté fondée sur une logique absurde. Ubu massacre comme il mange. C'est un personnage

1. *Geste* : au féminin, le terme désignait au Moyen Âge un poème épique relatant les hauts faits des personnages historiques ou légendaires.
2. Dans « Les Paralipomènes d'Ubu », *Tout Ubu*, *op. cit.*, p. 165.
3. *Limule* : sorte de crabe vivant sur les fonds boueux dans les mers chaudes.

sans conscience, contrairement à son double féminin, la Mère Ubu, qui lui insuffle le goût du pouvoir et voit ensuite sa machine infernale lui échapper.

Comme les personnages de bande dessinée, Ubu n'a pas de référent[1] existant dans notre univers. Il s'inscrit dans un monde à part, qui n'a d'existence que littéraire ou théâtrale. Bien que l'on retrouve dans *Ubu Roi* des noms de lieux et des noms de personnages réels évoquant la géographie et l'histoire de la Pologne, Jarry prend bien soin de préciser la dimension imaginaire de son texte : « Quant à l'action qui va commencer, elle se passe en Pologne, c'est-à-dire Nulle Part[2]. »

C'est pourquoi d'abord incarné, dans les premières mises en scène de la pièce, par une marionnette ou par une ombre[3], le Père Ubu fut ensuite joué par un acteur masqué, ce qui rendait toute identification difficile.

Cet aspect n'est pas sans évoquer une autre ascendance, littéraire cette fois, celle des géants inventés par Rabelais. Ubu partage la gigantesque volonté de puissance et la rage destructrice de Picrochole, le roi épris de conquête dans *Gargantua*. Mais son extraordinaire appétit, son langage scatologique[4] en font aussi un cousin du géant Gargantua[5].

1. *Référent* : ce à quoi renvoie un nom dans la réalité.
2. « Discours d'Alfred Jarry prononcé à la première représentation d'*Ubu Roi*, au Théâtre de l'Œuvre, le 10 décembre 1896 », *op. cit.*, p. 21.
3. Jarry pratiquait avec ses camarades le théâtre d'ombres.
4. *Scatologique* : se dit d'un langage grossier où il est question d'excréments.
5. Voir le dossier, p. 125.

Une langue ubuesque

La langue d'Ubu est un curieux mélange d'expressions grossières qui désignent une réalité franchement triviale [1], de calembours [2] et de tournures littéraires, voire archaïques [3]. Les personnages et les lieux sont de « nulle part » ; les mots dont il fait usage ne figurent dans aucun dictionnaire. Ainsi, le Père Ubu et son épouse infernale usent d'expressions qu'ils sont les seuls à employer (« de par ma chandelle verte », « bougre de merdre, merdre de bougre », « vrout », etc.), suscitant chez le spectateur le sentiment d'une radicale étrangeté. La langue « ubique » obéit à ses propres règles, est émaillée de mots fétiches [4] qui deviennent les attributs des personnages, pour ainsi dire leur blason [5] : la gidouille du Père Ubu, par exemple. Enfin, elle a parfois des intonations violentes et rugissantes qui redoublent le caractère inquiétant des protagonistes. Ainsi, beaucoup de mots entrent dans le registre de la torture, comme la « machine à décerveler » ou les « palotins ». Dès lors, le spectateur ou le lecteur, s'il rit, ne peut que le faire d'un rire grinçant en se demandant à quoi il assiste exactement.

---

1. *Triviale* : vulgaire.
2. *Calembours* : jeux de mots.
3. *Archaïques* : anciennes, qui ne font plus partie du langage courant.
4. Ainsi, certains mots sont déformés, comme « oreille » qui devient « oneille », ou transcrits avec une orthographe particulière (« phynance »). D'autres n'existent pas, comme « gidouille ».
5. *Blason* : emblème, représentation symbolique propre à une famille noble.

Ubu Roi, drame ou comédie ?

La pièce est présentée comme un « drame en cinq actes en prose », ce qui semble souligner son caractère grave et pathétique. Mais cette indication doit être relativisée car, dans *Ubu Roi*, Jarry tourne en dérision un pan de la littérature classique.

Au XIXe siècle, le théâtre prend ses distances avec la tragédie et la comédie de l'âge classique telles qu'elles avaient été pratiquées par Corneille, Racine et Molière. Pour les auteurs du XIXe siècle, le drame est, comme l'explique Victor Hugo dans la préface de *Marie Tudor*, un mélange de tragique, de réalisme, de familier et de comique. En ce sens, *Ubu Roi* peut être qualifié de drame ; mais il s'agit d'un drame où la caricature l'emporte sur l'émotion et qui frise parfois l'absurde, bien que l'action dramatique soit fondée sur les étapes traditionnelles du drame romantique : le complot, la conquête du pouvoir, puis la chute.

L'œuvre de Jarry apparaît avant tout comme l'épopée burlesque d'un « anti-héros » ignoble, devenu roi d'une Pologne imaginaire après un coup d'État. L'auteur y a inséré des scènes à grand spectacle, comme la revue des troupes polonaises, qui tourne à la farce ou au guignol, et l'on rit de voir Ubu perché sur un arbre en récitant des patenôtres[1] à sa manière ou brandissant son « sabre à merdre », grotesque reflet de Durandal[2].

On peut ainsi voir dans *Ubu Roi* une satire[3] de la dictature et de l'intolérance ; Jarry ne s'y oppose pas mais ne revendique pas

1. *Patenôtres* : prières.
2. *Durandal* : nom de l'épée de Roland dans les chansons de geste médiévales.
3. *Satire* : écrit qui s'attaque à quelque chose ou à quelqu'un en s'en moquant.

non plus cette finalité. En soulignant le fait que sa Pologne équivaut à « nulle part » – c'est-à-dire partout –, il montre bien que les vices mis en scène ne peuvent être attribués à tel ou tel ; mieux, ils sont les vices de tout un chacun à toutes les époques et peuvent à chaque représentation être ceux du spectateur [1]. C'est pourquoi, sans doute, il fallait que les personnages soient le plus impersonnels et le plus inexpressifs possibles.

Une autre lecture d'*Ubu Roi* est celle de la parodie [2] : parodie des pièces célèbres dont les lycéens de Rennes étaient sans doute imprégnés, à commencer par *Macbeth* [3] de Shakespeare, dont on retrouve partiellement la trame dans l'histoire d'Ubu.

Le public de la fin du XIXe siècle a surtout retenu de ces divers aspects la volonté délibérée de provoquer en imposant sur la scène un monstre démesurément assoiffé d'argent et de pouvoir. En faisant jouer *Ubu Roi* au Théâtre de l'Œuvre, temple du symbolisme [4], Alfred Jarry allait à rebours [5] de tout ce qui s'était fait et de tout ce qui allait se faire. Il exhibait la laideur et la vulgarité, bafouant ainsi les règles de la bienséance [6].

Le théâtre de Jarry était trop « physique [7] » et pas assez métaphysique [8] ou héroïque pour plaire au public de l'époque, qui ne goûta pas la farce. Ainsi, malgré les nombreux prolongements

1. « Nulle Part est partout, et le pays où l'on se trouve d'abord. C'est pour cette raison qu'Ubu parle français. Mais ses défauts divers ne sont point vices français exclusivement... » Alfred Jarry, « Autre présentation d'*Ubu Roi* », *Tout Ubu*, *op. cit.*, p. 22.
2. *Parodie* : imitation burlesque d'une œuvre.
3. Voir le dossier, p. 130.
4. *Symbolisme* : mouvement littéraire et artistique contemporain de Jarry, qui fonde l'art sur une vision symbolique et spirituelle du monde.
5. *À rebours* : en sens contraire, inverse.
6. *Bienséance* : ensemble des usages convenables, conformes à la moralité.
7. Au sens où il fait une place au corps dans ce qu'il a de plus vulgaire.
8. *Métaphysique* : littéralement, ce qui se situe au-delà de la dimension physique, qui relève par conséquent de l'abstraction et de la réflexion.

que trouvèrent les aventures d'Ubu, l'humour d'Alfred Jarry ne fut partagé que par quelques sympathisants. Dès lors, faute peut-être d'avoir trouvé un public à la hauteur et d'avoir été suffisamment représentée, la pièce ne parvint pas vraiment à dépasser ce qu'elle était initialement, une plaisanterie d'étudiant. Mais peut-être était-ce après tout l'intention de son auteur ?

■ *Véritable portrait de monsieur Ubu*. Dessin de Jarry pour l'édition originale d'*Ubu Roi,* Mercure de France, 1896.

CHRONOLOGIE

1873 1907

■ Repères historiques et culturels

■ Vie et œuvre de l'auteur

Repères historiques et culturels

1870 Déclaration de guerre à la Prusse et défaite française.
4 septembre : proclamation de la République ;
fin du Second Empire.

1871 Commune de Paris.
Naissance de Marcel Proust.

1873 Rimbaud, *Une saison en enfer*.

1874 Barbey d'Aurevilly, *Les Diaboliques*.
Verlaine, *Romances sans paroles*.

1876 Mallarmé, *L'Après-midi d'un faune*.

1877 Flaubert, *Trois Contes*.
Hugo, *L'Art d'être grand-père*.
Zola, *L'Assommoir*.
Troisième exposition impressionniste.

1878 Exposition universelle à Paris : le Trocadéro.

1880 Naissance de Guillaume Apollinaire.
Maupassant, *Boule de suif*.

1881 Lois sur la liberté de la presse, la liberté de réunion,
la gratuité de l'enseignement primaire.

1882 Lois sur l'enseignement primaire laïque et obligatoire
(Jules Ferry).

1883 Maupassant, *Une vie*.

1884 Première automobile mue par un moteur à pétrole.
Verlaine, *Jadis et Naguère*.
Traduction française de Dostoïevski, *Crime et Châtiment*.

Vie et œuvre de l'auteur

1873 *8 septembre* : naissance à Laval d'Alfred Jarry.

1879 Déménagement et entrée au lycée de Saint-Brieuc. Jarry compose ses premières comédies.

Repères historiques et culturels

1885 Pasteur invente le vaccin contre la rage.
Maupassant, *Bel Ami*.
Zola, *Germinal*.
Mort de Victor Hugo.

1886 Rimbaud, *Illuminations*.
Moréas, « Manifeste du symbolisme ».

1887 Début de la crise boulangiste.
Traduction française de Dostoïevski, *L'Idiot*.

1889 Fondation de la 2e Internationale.
Exposition universelle à Paris : la tour Eiffel.

1890 Claudel, *Tête d'or* (drame symboliste).

1891 Mort de Rimbaud.

1892 Maeterlinck, *Pelléas et Mélisande*.

1893 Scandale de Panamá.
Mort de Guy de Maupassant.

1894 Jules Renard, *Poil de Carotte*.

Vie et œuvre de l'auteur

1885 Charles Morin, élève au lycée de Rennes, rédige *Les Polonais*, pièce dans laquelle il met en scène son professeur de physique, M. Hébert, sous les traits d'un personnage ridicule devenu roi de Pologne.

1888 Alfred Jarry entre au lycée de Rennes en classe de Première. Henri Morin, frère de Charles, lui communique le manuscrit des *Polonais*, que Jarry transforme en comédie. Première représentation en décembre, dans le grenier de la famille Morin.

1889 La pièce est représentée par les marionnettes du Théâtre des Phynances, dans l'appartement qu'occupe Jarry avec sa mère et sa sœur. Parallèlement, Jarry compose *Onésime ou les Tribulations de Priou*, qui devient *Les Cornes du Père Heb*. Représentation par le Théâtre des Phynances.

1891 Installation à Paris. Jarry poursuit des études supérieures au lycée Henri-IV à Paris. Son professeur de philosophie est Henri Bergson. Il se lie d'amitié avec le poète Léon-Paul Fargue ; avec lui et d'autres étudiants, Jarry organise dans son appartement des représentations des pièces imaginées à Rennes et remaniées. *Le Père Heb* devient alors *Père Ubu*.

1893 Publication de Guignol dans *L'Écho de Paris littéraire illustré* (revue dirigée par des écrivains, parmi lesquels Marcel Schwob, à qui est dédié *Ubu Roi*).
Dans *Guignol* figurent quelques passages d'*Ubu Cocu*.

1894 Jarry fait paraître aux éditions du Mercure de France *Les Minutes de sable mémorial*, son premier livre. *Le Guignol* fait partie du recueil. L'auteur organise également des lectures d'*Ubu Roi* entre amis. Succès.

Repères historiques et culturels

1895 Monet, les *Nymphéas*.

1897 Début de l'affaire Dreyfus.
Rostand, *Cyrano de Bergerac*.

1898 Zola, « J'accuse » publié dans *L'Aurore*.
Mort de Stéphane Mallarmé.

1902 Mort de Zola.

1904 Guerre russo-japonaise.

1905 Loi de séparation des Églises et de l'État.
Création de la SFIO.

Vie et œuvre de l'auteur

1895 Incorporé dans l'infanterie, Jarry est réformé pour problèmes de santé.
Apparition d'Ubu dans *César Antéchrist* publié au Mercure de France.

1896 Jarry travaille en collaboration avec Lugné-Poe, directeur du Théâtre de l'Œuvre.
Publication d'*Ubu Roi* au Mercure de France, avec un article de Jarry intitulé « De l'inutilité du théâtre au théâtre ».
10 décembre : première représentation d'*Ubu Roi*. Scandale.

1897 *La Revue blanche* publie « Questions de théâtre », réponse de Jarry à la critique d'*Ubu Roi*.
Les Jours et les Nuits, roman d'un déserteur.
Jarry travaille à une représentation de *Pantagruel*, de Rabelais. Il construit et actionne lui-même la machinerie.

1898 Représentation d'*Ubu Roi* au Théâtre des Pantins par des marionnettes. Celle du Père Ubu a été fabriquée par Jarry.
L'Almanach du Père Ubu illustré (réactions du Père Ubu à des faits socio-politiques).

1900 Publication en un volume d'*Ubu Roi* et *Ubu enchaîné*.

1901 *Almanach illustré du Père Ubu (XXe siècle)*.
Répétition d'*Ubu* sur la butte par les marionnettes du Théâtre Guignol Des Gueules de bois. L'œuvre ne sera publiée qu'en 1906 ; c'est un raccourci en deux actes d'*Ubu Roi*.

1906 Jarry, malade, rédige son testament et écrit à une amie comme s'il était Père Ubu.

1907 *1er novembre* : endetté et malade, Jarry meurt à Paris.

■ *Ubu Roi au Théâtre des Pantins.* Dessin de Jarry pour le programme du Théâtre des Pantins, 1898.

Ubu Roi

Drame en cinq actes
en prose
Restitué en son intégrité
tel qu'il a été représenté par
les marionnettes du Théâtre
des Phynances [1] en 1888

1. ***Théâtre des Phynances*** : nom du théâtre inventé par les lycéens de Rennes. La « Phynance » fait partie des attributs du personnage principal (voir note 1, p. 26). Ainsi orthographié, le mot se rapproche de la « physique », autre attribut d'Ubu. En donnant ce nom au théâtre, les étudiants en font un élément à part entière de l'univers ubuesque.

CE LIVRE
est dédié
à
MARCEL SCHWOB[1]

Adonc le Père Ubu hoscha la poire, dont fut depuis nommé par les Anglois Shakespeare, et avez de lui sous ce nom maintes belles tragédies par escript[2].

---

1. ***Marcel Schwob*** (1867-1905) : homme de lettres français, figure marquante du Paris littéraire de la fin du XIXe siècle, il publia les premiers textes d'Alfred Jarry.
2. Cette épigraphe donne d'entrée de jeu le ton de la pièce et en affiche les intentions parodiques. Rédigé dans un semblant d'ancien français, le texte fait intervenir un jeu de mots entre l'expression « hoscha la poire » et le nom du dramaturge anglais Shakespeare (1564-1616), auteur de *Macbeth* (voir la présentation, p. 12) ; *to shake one's head* signifie en anglais « hocher la tête », tandis que *pear* désigne la « poire ». Jarry, fort du mystère qui plane autour de l'identité réelle du dramaturge anglais, établit ainsi une filiation fantaisiste entre son héros – qui est aussi lui-même (se reporter également sur ce point à la présentation, p. 8) – et Shakespeare.

PERSONNAGES [1]

Père Ubu
Mère Ubu
Capitaine Bordure [2]
Le Roi Venceslas [3]
La Reine Rosemonde
Boleslas, Ladislas, Bougrelas [4] } leurs fils
Le Général Lascy
Stanislas Leczinski
Jean Sobieski
Nicolas Rensky
L'Empereur Alexis
Giron, Pile, Cotice } Palotins [5]

---

1. L'abondance des personnages est une caractéristique du drame, mais leurs noms et leurs fonctions tournent ici très vite à la dérision.
2. ***Bordure*** : terme de blason, pièce en forme de ceinture qui entoure l'écu.
3. ***Venceslas*** : il existe bien un roi Venceslas dans l'histoire de la Pologne, mais Jarry affirme très nettement qu'il s'agit là d'une coïncidence. On retrouvera ainsi, tout au long de la pièce, des noms de lieux et de personnages faisant référence à l'histoire de la Pologne mais utilisés de manière fantaisiste, comme de simples réminiscences du programme d'histoire des étudiants de Rennes.
4. ***Bougrelas*** : le nom fait entendre à la fois « bougre » et la terminaison polonaise.
5. ***Palotins*** : jeu sur les mots *pal*, *palatin* et *paladin*. Le *pal* désigne un pieu mais aussi le supplice de l'empalement (dans la pièce, les Palotins sont chargés de la torture) ; le *paladin* est au Moyen Âge un chevalier errant en quête d'exploit à accomplir ; enfin, le *palatin* désigne une personne ayant une charge honorable au palais. Pile, Giron et Cotice sont des termes appartenant au langage du blason.

Conjurés et Soldats
Peuple
Michel Fédérovitch
Nobles
Magistrats
Conseillers
Financiers
Larbins de Phynances [1]
Paysans
Toute l'Armée russe
Toute l'Armée polonaise
Les Gardes de la Mère Ubu
Un Capitaine
L'Ours
Le Cheval à Phynances
La Machine à Décerveler [2]
L'Équipage
Le Commandant

1. Les Phynances font partie des mots chers à Ubu. Elles désignent l'argent des impôts et plus largement la richesse. Dans son *Almanach du Père Ubu*, Jarry introduit les commentaires du Père Ubu sur les événements récents, qu'il intitule ironiquement *Confessions d'un enfant du siècle*, reprenant le titre d'un des plus grands textes de la littérature romantique écrit par Alfred de Musset en 1836. Voici ce que dit le Père Ubu interrogé sur la façon dont il déforme les mots : « Les bougres qui veulent changer l'orthographe (allusion à la réforme qui se préparait) ne savent pas et moi je sais. [...] Moi je perfectionne et embellis [les mots] à mon image et à ma ressemblance. J'écris phynance et oneille [...] pour bien marquer qu'il s'agit de phynance et d'oneilles spéciales, personnelles en quantité et qualité telles que personne n'en a. » (*Tout Ubu*, *op. cit*, p. 407.)

2. ***La Machine à Décerveler*** : un des instruments de torture du Père Ubu. *Décerveler* est un mot du XVIIIe siècle signifiant « faire sauter la cervelle ». La machine, l'ours et le cheval sont pour Jarry des personnages à part entière.

Acte premier

Scène première

PÈRE UBU, MÈRE UBU

PÈRE UBU

Merdre [1] !

MÈRE UBU

Oh ! voilà du joli, Père Ubu, vous estes [2] un fort grand voyou.

PÈRE UBU

Que ne vous assom'je [3], Mère Ubu !

---

1. ***Merdre*** : mot fétiche d'Ubu et d'Alfred Jarry qui se l'est approprié en le transformant. Le redoublement final du « r » évoque une espèce de grognement. Le mot contraste singulièrement avec le vouvoiement précédé de « madame » ainsi qu'avec les titres honorifiques énoncés ensuite. Jarry applique ainsi, en les poussant à l'extrême puisqu'il va jusqu'à mêler les registres de langues, les théories de Victor Hugo sur le nécessaire mélange des tons dans le drame.
2. ***Vous estes*** : vous êtes (orthographe empruntée à l'ancien français).
3. ***Que ne vous assom'je*** : comprendre cette expression comme un regret, « pourquoi ne puis-je vous assommer ». La contraction rend la tournure amusante et accentue le caractère rugissant de la langue ubisque.

MÈRE UBU

Ce n'est pas moi, Père Ubu, c'est un autre qu'il faudrait assassiner.

PÈRE UBU

De par ma chandelle verte [1], je ne comprends pas.

MÈRE UBU

Comment, Père Ubu, vous estes content de votre sort ?

PÈRE UBU

De par ma chandelle verte, merdre, madame, certes oui, je suis content. On le serait à moins : capitaine de dragons [2], officier de confiance du roi Venceslas, décoré de l'ordre de l'Aigle Rouge de Pologne et ancien roi d'Aragon [3], que voulez-vous de mieux ?

MÈRE UBU

Comment ! Après avoir été roi d'Aragon vous vous contentez de mener aux revues une cinquantaine d'estafiers [4] armés de coupe-choux [5], quand vous pourriez faire succéder sur votre fiole [6] la couronne de Pologne à celle d'Aragon ?

PÈRE UBU

Ah ! Mère Ubu, je ne comprends rien de ce que tu dis.

MÈRE UBU

Tu es si bête !

---

1. ***De par ma chandelle verte*** : expression favorite du Père Ubu. La chandelle verte est un peu comme son blason. Nous avons ici comme un équivalent des jurons du capitaine Haddock dans les aventures de Tintin. Mais le sens exact de « chandelle verte » reste énigmatique.

2. ***Dragons*** : soldats de cavalerie.

3. ***Aragon*** : province espagnole. Comme de nombreux héros de tragédie ou de drame, Ubu s'est illustré en Espagne (cf. *Le Cid* de Corneille ou *Ruy Blas* de Victor Hugo).

4. ***Estafiers*** : laquais armés qui portaient le manteau et les armes de leur maître, et leur tenaient l'étrier.

5. ***Coupe-choux*** : sabres courts (familier).

6. ***Fiole*** : tête en langage familier.

PÈRE UBU

De par ma chandelle verte, le roi Venceslas est encore bien vivant ; et même en admettant qu'il meure, n'a-t-il pas des légions d'enfants ?

MÈRE UBU

Qui t'empêche de massacrer toute la famille et de te mettre à leur place ?

PÈRE UBU

Ah ! Mère Ubu, vous me faites injure et vous allez passer tout à l'heure par la casserole.

MÈRE UBU

Eh ! pauvre malheureux, si je passais par la casserole, qui te raccommoderait tes fonds de culotte ?

PÈRE UBU

Eh vraiment ! et puis après ? N'ai-je pas un cul comme les autres ?

MÈRE UBU

À ta place, ce cul, je voudrais l'installer sur un trône. Tu pourrais augmenter indéfiniment tes richesses, manger fort souvent de l'andouille et rouler carrosse[1] par les rues[2].

PÈRE UBU

Si j'étais roi, je me ferais construire une grande capeline[3] comme celle que j'avais en Aragon et que ces gredins d'Espagnols m'ont impudemment volée.

---

1. ***Rouler carrosse*** : tournure archaïque pour « rouler en carrosse ».
2. On pourra comparer cette scène à l'acte I, scène VII de *Macbeth* (voir le dossier, p. 130).
3. ***Capeline*** : armure de tête au Moyen Âge. Tout au long de la pièce, de nombreux accessoires renvoient ainsi au Moyen Âge, ce qui permet d'identifier *Ubu Roi* à une parodie de chanson de geste (voir la présentation, p. 8).

MÈRE UBU

Tu pourrais aussi te procurer un parapluie et un grand caban qui te tomberait sur les talons.

PÈRE UBU

Ah ! je cède à la tentation. Bougre de merdre, merdre de bougre, si jamais je le rencontre au coin d'un bois, il passera un mauvais quart d'heure.

MÈRE UBU

Ah ! bien, Père Ubu, te voilà devenu un véritable homme.

PÈRE UBU

Oh non ! moi, capitaine de dragons, massacrer le roi de Pologne ! plutôt mourir !

MÈRE UBU, *à part.*

Oh ! merdre ! *(Haut.)* Ainsi, tu vas rester gueux comme un rat, Père Ubu ?

PÈRE UBU

Ventrebleu, de par ma chandelle verte, j'aime mieux être gueux comme un maigre et brave rat que riche comme un méchant et gras chat.

MÈRE UBU

Et la capeline ? et le parapluie ? et le grand caban ?

PÈRE UBU

Eh bien, après, Mère Ubu ?

Il s'en va en claquant la porte.

MÈRE UBU, *seule.*

Vrout, merdre, il a été dur à la détente, mais vrout, merdre, je crois pourtant l'avoir ébranlé. Grâce à Dieu et à moi-même, peut-être dans huit jours serai-je reine de Pologne.

Scène 2

La scène représente une chambre[1] de la maison du Père Ubu où une table splendide est dressée.

PÈRE UBU, MÈRE UBU

MÈRE UBU

Eh ! nos invités sont bien en retard.

PÈRE UBU

Oui, de par ma chandelle verte. Je crève de faim. Mère Ubu, tu es bien laide aujourd'hui.

Est-ce parce que nous avons du monde ?

MÈRE UBU, *haussant les épaules.*

Merdre.

PÈRE UBU, *saisissant un poulet rôti.*

Tiens, j'ai faim. Je vais mordre dans cet oiseau. C'est un poulet, je crois. Il n'est pas mauvais.

MÈRE UBU

Que fais-tu, malheureux ? Que mangeront nos invités ?

PÈRE UBU

Ils en auront encore bien assez. Je ne toucherai plus à rien. Mère Ubu, va donc voir à la fenêtre si nos invités arrivent.

MÈRE UBU, *y allant.*

Je ne vois rien.

Pendant ce temps, le Père Ubu dérobe une rouelle[2] de veau.

---

1. *Chambre* : archaïsme désignant une salle. On trouve ce mot dans les didascalies des comédies classiques.

2. *Une rouelle* : une tranche (l'expression ne s'emploie plus aujourd'hui que dans certaines régions).

MÈRE UBU

Ah ! voilà le capitaine Bordure et ses partisans qui arrivent. Que manges-tu donc, Père Ubu ?

PÈRE UBU

Rien, un peu de veau.

MÈRE UBU

Ah ! le veau ! le veau ! veau ! Il a mangé le veau ! Au secours !

PÈRE UBU

De par ma chandelle verte, je te vais arracher les yeux.

La porte s'ouvre.

Scène 3

PÈRE UBU, MÈRE UBU, CAPITAINE BORDURE ET SES PARTISANS

MÈRE UBU

Bonjour, messieurs, nous vous attendons avec impatience. Asseyez-vous.

CAPITAINE BORDURE

Bonjour, madame. Mais où est donc le Père Ubu ?

PÈRE UBU

Me voilà ! me voilà ! Sapristi, de par ma chandelle verte, je suis pourtant assez gros.

CAPITAINE BORDURE

Bonjour, Père Ubu. Asseyez-vous, mes hommes.

Ils s'asseyent tous.

PÈRE UBU

Ouf, un peu plus, j'enfonçais ma chaise.

CAPITAINE BORDURE

Eh ! Mère Ubu ! que nous donnez-vous de bon aujourd'hui ?

MÈRE UBU

Voici le menu.

PÈRE UBU

Oh ! ceci m'intéresse.

MÈRE UBU

Soupe polonaise, côtes de rastron[1], veau, poulet, pâté de chien, croupions de dinde, charlotte russe…

PÈRE UBU

Eh ! en voilà assez, je suppose. Y en a-t-il encore ?

MÈRE UBU, *continuant.*

Bombe[2], salade, fruits, dessert, bouilli, topinambours[3], choux-fleurs à la merdre.

PÈRE UBU

Eh ! me crois-tu empereur d'Orient pour faire de telles dépenses ?

MÈRE UBU

Ne l'écoutez pas, il est imbécile.

PÈRE UBU

Ah ! je vais aiguiser mes dents contre vos mollets.

MÈRE UBU

Dîne plutôt, Père Ubu. Voilà de la polonaise[4].

---

1. ***Rastron*** : animal de ménagerie.

2. ***Bombe*** : sans doute une bombe glacée, c'est-à-dire une glace en forme de cône. Le menu se veut à l'image des hôtes, écœurant et grotesque.

3. ***Topinambours*** : plantes dont les tubercules sont utilisées pour la nourriture du bétail et comme aliment de remplacement dans les périodes de restriction.

4. ***Polonaise*** : gâteau meringué dont l'intérieur, fait de pâte briochée imbibée de liqueur, contient des fruits confits.

PÈRE UBU

Bougre, que c'est mauvais.

CAPITAINE BORDURE

Ce n'est pas bon, en effet.

MÈRE UBU

Tas d'Arabes [1], que vous faut-il ?

PÈRE UBU, *se frappant le front.*

Oh ! j'ai une idée. Je vais revenir tout à l'heure.

Il s'en va.

MÈRE UBU

Messieurs, nous allons goûter du veau.

CAPITAINE BORDURE

Il est très bon, j'ai fini.

MÈRE UBU

Aux croupions, maintenant.

CAPITAINE BORDURE

Exquis, exquis ! Vive la Mère Ubu.

TOUS

Vive la Mère Ubu.

PÈRE UBU, *rentrant.*

Et vous allez bientôt crier vive le Père Ubu.

Il tient un balai innommable [2] à la main et le lance sur le festin.

MÈRE UBU

Misérable, que fais-tu ?

---

1. Expression à prendre au second degré.
2. Sans doute celui des cabinets.

PÈRE UBU

Goûtez un peu.

Plusieurs goûtent et tombent empoisonnés.

PÈRE UBU

Mère Ubu, passe-moi les côtelettes de rastron, que je serve.

MÈRE UBU

Les voici.

PÈRE UBU

À la porte tout le monde ! Capitaine Bordure, j'ai à vous parler.

LES AUTRES

Eh ! nous n'avons pas dîné.

PÈRE UBU

Comment, vous n'avez pas dîné ! À la porte, tout le monde ! Restez, Bordure.

Personne ne bouge.

PÈRE UBU

Vous n'êtes pas partis ? De par ma chandelle verte, je vais vous assommer de côtes de rastron.

Il commence à en jeter.

TOUS

Oh ! Aïe ! Au secours ! Défendons-nous ! malheur ! je suis mort !

PÈRE UBU

Merdre, merdre, merdre. À la porte ! je fais mon effet.

TOUS

Sauve qui peut ! Misérable Père Ubu ! traître et gueux voyou !

PÈRE UBU

Ah ! les voilà partis. Je respire, mais j'ai fort mal dîné. Venez, Bordure.

Ils sortent avec la Mère Ubu.

Scène 4

PÈRE UBU, MÈRE UBU, CAPITAINE BORDURE

PÈRE UBU

Eh bien, capitaine, avez-vous bien dîné ?

CAPITAINE BORDURE

Fort bien, monsieur, sauf la merdre.

PÈRE UBU

Eh ! la merdre n'était pas mauvaise.

MÈRE UBU

Chacun son goût.

PÈRE UBU

Capitaine Bordure, je suis décidé à vous faire duc de Lithuanie.

CAPITAINE BORDURE

Comment, je vous croyais fort gueux, Père Ubu.

PÈRE UBU

Dans quelques jours, si vous voulez, je règne en Pologne.

CAPITAINE BORDURE

Vous allez tuer Venceslas ?

PÈRE UBU

Il n'est pas bête, ce bougre, il a deviné.

CAPITAINE BORDURE

S'il s'agit de tuer Venceslas, j'en suis. Je suis son mortel ennemi et je réponds de mes hommes.

PÈRE UBU, *se jetant sur lui pour l'embrasser.*

Oh ! Oh ! je vous aime beaucoup, Bordure.

CAPITAINE BORDURE

Eh ! vous empestez, Père Ubu. Vous ne vous lavez donc jamais ?

PÈRE UBU

Rarement.

CAPITAINE BORDURE

Jamais !

PÈRE UBU

Je vais te marcher sur les pieds.

CAPITAINE BORDURE

Grosse merdre !

PÈRE UBU

Allez, Bordure, j'en ai fini avec vous. Mais, par ma chandelle verte, je jure sur la Mère Ubu de vous faire duc de Lithuanie.

MÈRE UBU

Mais…

PÈRE UBU

Tais-toi, ma douce enfant…

Ils sortent.

Scène 5

PÈRE UBU, MÈRE UBU, UN MESSAGER

PÈRE UBU

Monsieur, que voulez-vous ? fichez le camp, vous me fatiguez.

LE MESSAGER

Monsieur, vous êtes appelé de par le roi.

Il sort.

PÈRE UBU

Oh ! merdre, jarnicotonbleu [1], de par ma chandelle verte, je suis découvert, je vais être décapité ! hélas ! hélas !

MÈRE UBU

Quel homme mou ! et le temps presse.

PÈRE UBU

Oh ! j'ai une idée : je dirai que c'est la Mère Ubu et Bordure.

MÈRE UBU

Ah ! gros P.U., si tu fais ça...

PÈRE UBU

Eh ! j'y vais de ce pas.

Il sort.

MÈRE UBU, *courant après lui.*

Oh ! Père Ubu, Père Ubu, je te donnerai de l'andouille.

Elle sort.

PÈRE UBU, *dans la coulisse.*

Oh ! merdre ! tu en es une fière, d'andouille.

---

1. ***Jarnicotonbleu*** : néologisme (mot inventé par l'auteur) formé à partir de jurons anciens : « jarnidieu » (je renie Dieu) et « jarnicoton » (je renie Coton, ce dernier était le confesseur d'Henri IV), auxquels vient s'ajouter la fin de « morbleu ».

Scène 6

Le palais du roi.

LE ROI VENCESLAS, ENTOURÉ DE SES OFFICIERS ; BORDURE ; LES FILS DU ROI, BOLESLAS, LADISLAS ET BOUGRELAS. PUIS UBU

PÈRE UBU, *entrant.*

Oh ! vous savez, ce n'est pas moi, c'est la Mère Ubu et Bordure.

LE ROI

Qu'as-tu, Père Ubu ?

BORDURE

Il a trop bu.

LE ROI

Comme moi ce matin.

PÈRE UBU

Oui, je suis saoul, c'est parce que j'ai bu trop de vin de France.

LE ROI

Père Ubu, je tiens à récompenser tes nombreux services comme capitaine de dragons, et je te fais aujourd'hui comte de Sandomir[1].

PÈRE UBU

Ô monsieur Venceslas, je ne sais comment vous remercier.

LE ROI

Ne me remercie pas, Père Ubu, et trouve-toi demain matin à la grande revue.

1. ***Sandomir*** : ville de Pologne. Comme dans *Macbeth*, l'assassinat du roi vient après l'attribution d'un titre honorifique à son meurtrier.

PÈRE UBU

J'y serai, mais acceptez, de grâce, ce petit mirliton[1].

Il présente au roi un mirliton.

LE ROI

Que veux-tu que je fasse d'un mirliton ? Je le donnerai à Bougrelas.

LE JEUNE BOUGRELAS

Est-il bête, ce Père Ubu.

PÈRE UBU

Et maintenant, je vais foutre le camp. *(Il tombe en se retournant.)* Oh ! aïe ! au secours ! De par ma chandelle verte, je me suis rompu l'intestin et crevé la bouzine[2] !

LE ROI, *le relevant.*

Père Ubu, vous estes-vous fait mal ?

PÈRE UBU

Oui certes, et je vais sûrement crever. Que deviendra la Mère Ubu ?

LE ROI

Nous pourvoirons à son entretien.

PÈRE UBU

Vous avez bien de la bonté de reste. *(Il sort.)* Oui, mais, roi Venceslas, tu n'en seras pas moins massacré.

---

1. ***Mirliton*** : tube creux garni à ses deux extrémités d'une membrane de papier fin ou de peau d'oignon, sur laquelle on applique les lèvres pour nasiller un air.

2. ***Bouzine*** : désigne, ainsi que « boudouille », « giborgne » et « gidouille », le ventre d'Ubu. Le même mot désigne chez Rabelais une cornemuse.

Scène 7

La maison d'Ubu.

GIRON, PILE, COTICE, PÈRE UBU, MÈRE UBU, CONJURÉS ET SOLDATS, CAPITAINE BORDURE

PÈRE UBU

Eh ! mes bons amis, il est grand temps d'arrêter le plan de la conspiration. Que chacun donne son avis. Je vais d'abord donner le mien, si vous le permettez.

CAPITAINE BORDURE

Parlez, Père Ubu.

PÈRE UBU

Eh bien, mes amis, je suis d'avis d'empoisonner simplement le roi en lui fourrant de l'arsenic dans son déjeuner[1]. Quand il voudra le brouter il tombera mort, et ainsi je serai roi.

TOUS

Fi, le sagouin[2] !

PÈRE UBU

Eh quoi, cela ne vous plaît pas ? Alors, que Bordure donne son avis.

CAPITAINE BORDURE

Moi, je suis d'avis de lui ficher un grand coup d'épée[3] qui le fendra de la tête à la ceinture.

---

1. L'empoisonnement est le moyen utilisé par Claudius dans *Hamlet* pour tuer son frère, le père de Hamlet, et prendre sa place sur le trône.

2. ***Sagouin*** : nom, à l'origine, d'un petit singe d'Amérique, désignant par extension une personne ou un enfant malpropre ; le terme est une injure courante, utilisée à maintes reprises par Jarry.

3. Dans *Macbeth*, le personnage éponyme utilise un poignard pour tuer le roi Duncan.

TOUS

Oui ! voilà qui est noble et vaillant.

PÈRE UBU

Et s'il vous donne des coups de pied ? Je me rappelle maintenant qu'il a pour les revues des souliers de fer qui font très mal. Si je savais, je filerais vous dénoncer pour me tirer de cette sale affaire, et je pense qu'il me donnerait aussi de la monnaie.

MÈRE UBU

Oh ! le traître, le lâche, le vilain et plat ladre [1].

TOUS

Conspuez le Père Ubu !

PÈRE UBU

Hé ! messieurs, tenez-vous tranquilles si vous ne voulez visiter mes poches. Enfin je consens à m'exposer pour vous. De la sorte, Bordure, tu te charges de pourfendre le roi.

CAPITAINE BORDURE

Ne vaudrait-il pas mieux nous jeter tous à la fois sur lui en braillant et gueulant ? Nous aurions chance ainsi d'entraîner les troupes.

PÈRE UBU

Alors, voilà. Je tâcherai de lui marcher sur les pieds, il regimbera, alors je lui dirai : MERDRE, et à ce signal vous vous jetterez sur lui.

MÈRE UBU

Oui, et dès qu'il sera mort tu prendras son sceptre et sa couronne.

CAPITAINE BORDURE

Et je courrai avec mes hommes à la poursuite de la famille royale.

---

1. ***Ladre*** : insensible, avare.

PÈRE UBU

Oui, et je te recommande spécialement le jeune Bougrelas.

Ils sortent.

PÈRE UBU, *courant après et les faisant revenir.*

Messieurs, nous avons oublié une cérémonie indispensable, il faut jurer de nous escrimer [1] vaillamment.

CAPITAINE BORDURE

Et comment faire ? Nous n'avons pas de prêtre.

PÈRE UBU

La Mère Ubu va en tenir lieu.

TOUS

Eh bien, soit.

PÈRE UBU

Ainsi, vous jurez de bien tuer le roi ?

TOUS

Oui, nous le jurons. Vive le Père Ubu !

FIN DU PREMIER ACTE

1. ***Nous escrimer*** : nous battre.

Acte II

Scène première

Le palais du roi.

VENCESLAS, LA REINE ROSEMONDE, BOLESLAS, LADISLAS ET BOUGRELAS

LE ROI

Monsieur Bougrelas, vous avez été ce matin fort impertinent avec Monsieur Ubu, chevalier de mes ordres et comte de Sandomir. C'est pourquoi je vous défends de paraître à ma revue.

LA REINE

Cependant, Venceslas, vous n'auriez pas trop de toute votre famille pour vous défendre.

LE ROI

Madame, je ne reviens jamais sur ce que j'ai dit. Vous me fatiguez avec vos sornettes.

LE JEUNE BOUGRELAS

Je me soumets, monsieur mon père.

LA REINE

Enfin, sire, êtes-vous toujours décidé à aller à cette revue ?

LE ROI

Pourquoi non, madame ?

LA REINE

Mais, encore une fois, ne l'ai-je pas vu en songe[1] vous frappant de sa masse d'armes et vous jetant dans la Vistule[2], et un aigle comme celui qui figure dans les armes de Pologne lui plaçant la couronne sur la tête ?

LE ROI

À qui ?

LA REINE

Au Père Ubu.

LE ROI

Quelle folie ! Monsieur de Ubu est un fort bon gentilhomme, qui se ferait tirer à quatre chevaux pour mon service.

LA REINE ET BOUGRELAS

Quelle erreur.

LE ROI

Taisez-vous, jeune sagouin. Et vous, madame, pour vous prouver combien je crains peu Monsieur Ubu, je vais aller à la revue comme je suis, sans arme et sans épée.

LA REINE

Fatale imprudence, je ne vous reverrai pas vivant.

LE ROI

Venez, Ladislas, venez, Boleslas.

Ils sortent.
La Reine et Bougrelas vont à la fenêtre.

1. Le thème du songe prophétique rappelle les pièces de Shakespeare.
2. *La Vistule* : fleuve de Pologne.

LA REINE ET BOUGRELAS

Que Dieu et le grand saint Nicolas vous gardent.

LA REINE

Bougrelas, venez dans la chapelle avec moi prier pour votre père et vos frères.

Scène 2

Le champ des revues.

L'ARMÉE POLONAISE, LE ROI, BOLESLAS, LADISLAS, PÈRE UBU, CAPITAINE BORDURE ET SES HOMMES, GIRON, PILE, COTICE

LE ROI

Noble Père Ubu, venez près de moi avec votre suite pour inspecter les troupes.

PÈRE UBU, *aux siens.*

Attention, vous autres. *(Au roi.)* On y va, monsieur, on y va.

Les hommes d'Ubu entourent le roi.

LE ROI

Ah ! voici le régiment des gardes à cheval de Dantzick. Ils sont fort beaux, ma foi.

PÈRE UBU

Vous trouvez ? Ils me paraissent misérables. Regardez celui-ci. *(Au soldat.)* Depuis combien de temps ne t'es-tu débarbouillé, ignoble drôle ?

LE ROI

Mais ce soldat est fort propre. Qu'avez-vous donc, Père Ubu ?

PÈRE UBU

Voilà !

Il lui écrase le pied.

LE ROI

Misérable !

PÈRE UBU

MERDRE. À moi, mes hommes !

BORDURE

Hurrah ! en avant !

Tous frappent le roi, un Palotin explose.

LE ROI

Oh ! au secours ! Sainte Vierge, je suis mort.

BOLESLAS, *à Ladislas.*

Qu'est cela ? Dégainons.

PÈRE UBU

Ah ! j'ai la couronne ! Aux autres, maintenant.

CAPITAINE BORDURE

Sus aux traîtres !!

Les fils du roi s'enfuient, tous les poursuivent.

Scène 3

LA REINE ET BOUGRELAS

LA REINE

Enfin, je commence à me rassurer.

BOUGRELAS

Vous n'avez aucun sujet de crainte.

Une effroyable clameur se fait entendre au-dehors.

BOUGRELAS

Ah ! que vois-je ? Mes deux frères poursuivis par le Père Ubu et ses hommes.

LA REINE

Ô mon Dieu ! Sainte Vierge, ils perdent, ils perdent du terrain !

BOUGRELAS

Toute l'armée suit le Père Ubu. Le Roi n'est plus là. Horreur ! Au secours !

LA REINE

Voilà Boleslas mort ! Il a reçu une balle.

BOUGRELAS

Eh ! *(Ladislas se retourne.)* Défends-toi ! Hurrah, Ladislas !

LA REINE

Oh ! il est entouré.

BOUGRELAS

C'en est fait de lui. Bordure vient de le couper en deux comme une saucisse.

LA REINE

Ah ! Hélas ! Ces furieux pénètrent dans le palais, ils montent l'escalier.

La clameur augmente.

LA REINE ET BOUGRELAS, *à genoux.*

Mon Dieu, défendez-nous.

BOUGRELAS

Oh ! ce Père Ubu ! le coquin, le misérable, si je le tenais…

Scène 4

LES MÊMES.

La porte est défoncée.

LE PÈRE UBU *et* LES FORCENÉS *pénètrent.*

PÈRE UBU

Eh ! Bougrelas, que me veux-tu faire ?

BOUGRELAS

Vive Dieu ! je défendrai ma mère jusqu'à la mort ! Le premier qui fait un pas est mort.

PÈRE UBU

Oh ! Bordure, j'ai peur ! laissez-moi m'en aller.

UN SOLDAT AVANCE.

Rends-toi, Bougrelas !

LE JEUNE BOUGRELAS

Tiens, voyou ! voilà ton compte !

Il lui fend le crâne.

LA REINE

Tiens bon, Bougrelas, tiens bon !

PLUSIEURS AVANCENT.

Bougrelas, nous te promettons la vie sauve.

BOUGRELAS

Chenapans, sacs à vins, sagouins payés !

Il fait le moulinet avec son épée et en fait un massacre.

PÈRE UBU

Oh ! je vais bien en venir à bout tout de même !

BOUGRELAS

Mère, sauve-toi par l'escalier secret.

LA REINE

Et toi, mon fils, et toi ?

BOUGRELAS

Je te suis.

PÈRE UBU

Tâchez d'attraper la reine. Ah ! la voilà partie. Quant à toi, misérable !…

Il s'avance vers Bougrelas.

BOUGRELAS

Ah ! vive Dieu ! voilà ma vengeance !

Il lui découd la boudouille [1]
d'un terrible coup d'épée.

Mère, je te suis !

Il disparaît par l'escalier secret.

Scène 5

Une caverne dans les montagnes.

LE JEUNE BOUGRELAS *entre suivi de* ROSEMONDE

BOUGRELAS

Ici, nous serons en sûreté.

LA REINE

Oui, je le crois ! Bougrelas, soutiens-moi !

Elle tombe sur la neige.

1. ***La boudouille*** : voir note 2, p. 40.

BOUGRELAS

Ha ! qu'as-tu, ma mère ?

LA REINE

Je suis bien malade, crois-moi, Bougrelas. Je n'en ai plus que pour deux heures [1] à vivre.

BOUGRELAS

Quoi ! le froid t'aurait-il saisie ?

LA REINE

Comment veux-tu que je résiste à tant de coups ? Le roi massacré, notre famille détruite, et toi, représentant de la plus noble race qui ait jamais porté l'épée, forcé de t'enfuir dans les montagnes comme un contrebandier.

BOUGRELAS

Et par qui, grand Dieu ! par qui ? Un vulgaire Père Ubu, aventurier sorti on ne sait d'où, vile crapule, vagabond honteux ! Et quand je pense que mon père l'a décoré et fait comte et que le lendemain ce vilain n'a pas eu honte de porter la main sur lui.

LA REINE

Ô Bougrelas ! Quand je me rappelle combien nous étions heureux avant l'arrivée de ce Père Ubu ! Mais maintenant, hélas ! tout est changé !

BOUGRELAS

Que veux-tu ? Attendons avec espérance et ne renonçons jamais à nos droits.

LA REINE

Je te le souhaite, mon cher enfant, mais pour moi, je ne verrai pas cet heureux jour.

---

1. La précision avec laquelle la reine calcule son temps de vie a ici un effet comique.

BOUGRELAS

Eh ! qu'as-tu ? Elle pâlit, elle tombe, au secours ! Mais je suis dans un désert ! Ô mon Dieu ! son cœur ne bat plus. Elle est morte ! Est-ce possible ? Encore une victime du Père Ubu ! *(Il se cache la figure dans les mains et pleure.)* Ô mon Dieu ! qu'il est triste de se voir seul à quatorze ans avec une vengeance terrible à poursuivre !

Il tombe en proie au plus violent désespoir. Pendant ce temps, les Âmes de Venceslas, de Boleslas, de Ladislas, de Rosemonde entrent dans la grotte, leurs Ancêtres les accompagnent et remplissent la grotte. Le plus vieux s'approche de Bougrelas et le réveille doucement.

BOUGRELAS

Eh ! que vois-je ? toute ma famille, mes ancêtres [1]... Par quel prodige ?

L'OMBRE

Apprends, Bougrelas, que j'ai été pendant ma vie le seigneur Mathias de Königsberg [2], le premier roi et le fondateur de la maison. Je te remets le soin de notre vengeance. *(Il lui donne une grande épée.)* Et que cette épée que je te donne n'ait de repos que quand elle aura frappé de mort l'usurpateur.

Tous disparaissent, et Bougrelas reste seul dans l'attitude de l'extase.

---

1. Cette apparition évoque l'apparition du fantôme du père de Hamlet (voir le dossier, p. 127).

2. ***Königsberg*** : ville de Prusse orientale ; actuelle Kaliningrad, en Russie.

Scène 6

Le palais du roi

PÈRE UBU, MÈRE UBU, CAPITAINE BORDURE

PÈRE UBU

Non, je ne veux pas, moi ! Voulez-vous me ruiner pour ces bouffres[1] ?

CAPITAINE BORDURE

Mais enfin, Père Ubu, ne voyez-vous pas que le peuple attend le don de joyeux avènement[2] ?

MÈRE UBU

Si tu ne fais pas distribuer des viandes et de l'or, tu seras renversé d'ici deux heures.

PÈRE UBU

Des viandes, oui ! de l'or, non ! Abattez trois vieux chevaux, c'est bien bon pour de tels sagouins.

MÈRE UBU

Sagouin toi-même ! Qui m'a bâti un animal de cette sorte ?

PÈRE UBU

Encore une fois, je veux m'enrichir, je ne lâcherai pas un sou.

MÈRE UBU

Quand on a entre les mains tous les trésors de la Pologne.

---

1. ***Bouffres*** : mot fabriqué à partir de « bouffe », qui désigne à la fois ce qui est comique et la nourriture, et de « bougre », interjection que l'on retrouve dans « bougre d'idiot ».
2. ***Le don de joyeux avènement*** : don au peuple à l'occasion de l'avènement du roi.

CAPITAINE BORDURE

Oui, je sais qu'il y a dans la chapelle un immense trésor, nous le distribuerons.

PÈRE UBU

Misérable, si tu fais ça !

CAPITAINE BORDURE

Mais, Père Ubu, si tu ne fais pas de distributions le peuple ne voudra pas payer les impôts.

PÈRE UBU

Est-ce bien vrai ?

MÈRE UBU

Oui, oui !

PÈRE UBU

Oh, alors je consens à tout. Réunissez trois millions, cuisez cent cinquante bœufs et moutons, d'autant plus que j'en aurai aussi !

Ils sortent.

Scène 7

La cour du palais pleine de Peuple.

PÈRE UBU COURONNÉ, MÈRE UBU, CAPITAINE BORDURE, LARBINS CHARGÉS DE VIANDE.

PEUPLE

Voilà le roi ! Vive le roi ! hurrah !

PÈRE UBU, *jetant de l'or.*

Tenez, voilà pour vous. Ça ne m'amusait guère de vous donner de l'argent, mais vous savez, c'est la Mère Ubu qui a voulu. Au moins, promettez-moi de bien payer les impôts.

TOUS

Oui, oui !

CAPITAINE BORDURE

Voyez, Mère Ubu, s'ils se disputent cet or. Quelle bataille.

MÈRE UBU

Il est vrai que c'est horrible. Pouah ! en voilà un qui a le crâne fendu.

PÈRE UBU

Quel beau spectacle ! Amenez d'autres caisses d'or.

CAPITAINE BORDURE

Si nous faisions une course.

PÈRE UBU

Oui, c'est une idée.

Au peuple.

Mes amis, vous voyez cette caisse d'or, elle contient trois cent mille nobles à la rose en or, en monnaie polonaise et de bon aloi [1]. Que ceux qui veulent courir se mettent au bout de la cour. Vous partirez quand j'agiterai mon mouchoir et le premier arrivé aura la caisse. Quant à ceux qui ne gagneront pas, ils auront comme consolation cette autre caisse qu'on leur partagera.

TOUS

Oui ! Vive le Père Ubu ! Quel bon roi ! On n'en voyait pas tant du temps de Venceslas.

PÈRE UBU, *à la Mère Ubu, avec joie.*

Écoute-les !

Tout le peuple va se ranger au bout de la cour.

PÈRE UBU

Une, deux, trois ! Y êtes-vous ?

---

1. ***Aloi*** : terme archaïque qui désigne l'alliage dans lequel est fait la monnaie.

TOUS

Oui ! oui !

PÈRE UBU

Partez !

Ils partent en se culbutant. Cris et tumulte.

CAPITAINE BORDURE

Ils approchent ! ils approchent !

PÈRE UBU

Eh ! le premier perd du terrain.

MÈRE UBU

Non, il regagne maintenant.

CAPITAINE BORDURE

Oh ! Il perd, il perd ! fini ! c'est l'autre !

Celui qui était deuxième arrive le premier.

TOUS

Vive Michel Fédérovitch ! Vive Michel Fédérovitch !

MICHEL FÉDÉROVITCH

Sire, je ne sais vraiment comment remercier Votre Majesté…

PÈRE UBU

Oh ! mon cher ami, ce n'est rien. Emporte ta caisse chez toi, Michel ; et vous, partagez-vous cette autre, prenez une pièce chacun jusqu'à ce qu'il n'y en ait plus.

TOUS

Vive Michel Fédérovitch ! Vive le Père Ubu !

PÈRE UBU

Et vous, mes amis, venez dîner ! Je vous ouvre aujourd'hui les portes du palais, veuillez faire honneur à ma table !

PEUPLE

Entrons ! Entrons ! Vive le Père Ubu ! c'est le plus noble des souverains !

Ils entrent dans le palais. On entend le bruit de l'orgie qui se prolonge jusqu'au lendemain. La toile tombe.

FIN DU DEUXIÈME ACTE

Acte III

Scène première

Le palais.

PÈRE UBU, MÈRE UBU

PÈRE UBU

De par ma chandelle verte, me voici roi de ce pays. Je me suis déjà flanqué une indigestion et on va m'apporter ma grande capeline[1].

MÈRE UBU

En quoi est-elle, Père Ubu ? car nous avons beau être rois, il faut être économes.

PÈRE UBU

Madame ma femelle, elle est en peau de mouton avec une agrafe et des brides en peau de chien.

MÈRE UBU

Voilà qui est beau, mais il est encore plus beau d'être rois.

PÈRE UBU

Oui, tu as eu raison, Mère Ubu.

1. ***Capeline*** : voir note 3, p. 29.

MÈRE UBU

Nous avons une grande reconnaissance au duc de Lithuanie.

PÈRE UBU

Qui donc ?

MÈRE UBU

Eh ! le capitaine Bordure.

PÈRE UBU

De grâce, Mère Ubu, ne me parle pas de ce bouffre. Maintenant que je n'ai plus besoin de lui, il peut bien se brosser le ventre, il n'aura point son duché.

MÈRE UBU

Tu as grand tort, Père Ubu, il va se tourner contre toi.

PÈRE UBU

Oh ! je le plains bien, ce petit homme, je m'en soucie autant que de Bougrelas.

MÈRE UBU

Eh ! crois-tu en avoir fini avec Bougrelas ?

PÈRE UBU

Sabre à finances, évidemment ! que veux-tu qu'il me fasse, ce petit sagouin de quatorze ans ?

MÈRE UBU

Père Ubu, fais attention à ce que je te dis. Crois-moi, tâche de t'attacher Bougrelas par tes bienfaits.

PÈRE UBU

Encore de l'argent à donner ? Ah ! non, du coup ! vous m'avez fait gâcher bien vingt-deux millions.

MÈRE UBU

Fais à ta tête, Père Ubu, il t'en cuira.

PÈRE UBU

Eh bien, tu seras avec moi dans la marmite.

MÈRE UBU

Écoute, encore une fois, je suis sûre que le jeune Bougrelas l'emportera, car il a pour lui le bon droit.

PÈRE UBU

Ah ! saleté ! le mauvais droit ne vaut-il pas le bon ? Ah ! tu m'injuries, Mère Ubu, je vais te mettre en morceaux.

La Mère Ubu se sauve, poursuivie par Ubu.

Scène 2

La grande salle du palais.

PÈRE UBU, MÈRE UBU, OFFICIERS ET SOLDATS ; GIRON, PILE, COTICE, NOBLES ENCHAÎNÉS, FINANCIERS, MAGISTRATS, GREFFIERS

PÈRE UBU

Apportez la caisse à Nobles et le crochet à Nobles et le couteau à Nobles et le bouquin à Nobles ! ensuite faites avancer les Nobles.

On pousse brutalement les Nobles.

MÈRE UBU

De grâce, modère-toi, Père Ubu.

PÈRE UBU

J'ai l'honneur de vous annoncer que pour enrichir le royaume je vais faire périr tous les Nobles et prendre leurs biens.

NOBLES

Horreur ! à nous, peuple et soldats !

Ubu, source d'inspiration pour les artistes *

Le personnage du Père Ubu, symbole de l'avidité et de la violence humaines, a inspiré de nombreux artistes, fascinés par ses excès. Les surréalistes, notamment, ont vu chez Alfred Jarry, en raison de son refus des conventions et de la bienséance, un précurseur du mouvement. En 1952, André Breton qualifiera d'ailleurs ce dernier d'« initiateur » et d'« éclaireur » dans *La Clé des champs*.

▲ Max Ernst (1891-1976), *Ubu imperator* (1923), Paris, Centre Pompidou.

Peinte un an avant la publication du *Manifeste du surréalisme* (1924), cette toile de Max Ernst annonce les thèmes et caractéristiques du mouvement par le collage et l'assemblage d'éléments hétérogènes. Ensemble disparate qui mêle une étrange armature rouge et des mains humaines, le personnage d'Ubu est ici transformé en toupie risible. Cette œuvre aurait été inspirée par un rêve de l'artiste, dans lequel son père « fait tourner et bondir autour de [son] lit cette abominable toupie qui contient toutes les horreurs qu'[il] est capable d'éveiller » (revue *La Révolution surréaliste*, 1927). À travers la référence à la pièce de Jarry et la fausse grandeur conférée par le mot *imperator* (titre qu'on attribuait aux généraux romains vainqueurs), l'œuvre désacralise le pouvoir et la fatuité de ceux qui prétendent l'incarner.

* Voir Dossier, p. 133-135.

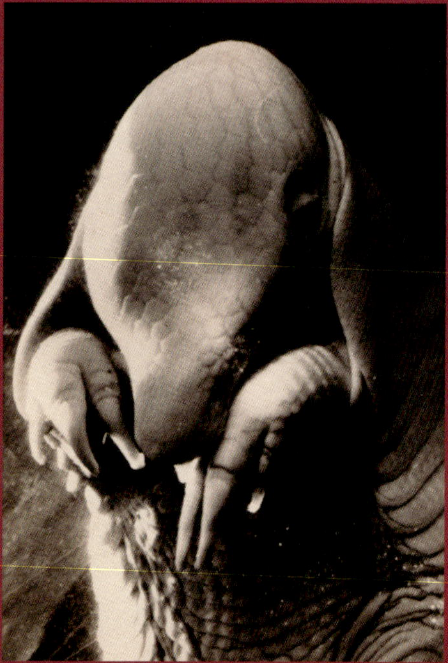

▶ **Dora Maar (1907-1997), *Père Ubu* (1936), New York (États-Unis), The Metropolitan Museum of Art.**
Les appétits bestiaux du Père Ubu sont ici représentés de façon littérale, sous la forme d'un jeune tatou. L'utilisation du gros plan, la lumière dorée et le titre de l'œuvre confèrent à cette photographie, prise par l'artiste surréaliste Dora Maar, un aspect à la fois grotesque et inquiétant.

▼ **Joan Miró (1893-1983), *Ubu Roi*, planche IV : « La revue » (1966), Tériade éditeur, Paris.**
En 1966, Joan Miró réalise treize planches lithographiées pour accompagner une édition d'*Ubu Roi* chez l'éditeur d'art Tériade. Ces planches colorées à la composition complexe retranscrivent le chaos au cœur de la pièce de Jarry. Elles rappellent aussi, par leur style, la série de lithographies *Barcelona*, dessinée par l'artiste en 1943 pour dénoncer la violence du franquisme. Le lien n'est pas fortuit : pour le peintre catalan, Père Ubu préfigure les crimes de guerre du XXe siècle.

La représentation de la violence dans l’art *

Symbole de la démesure et de la cruauté des hommes, le Père Ubu témoigne du lien étroit qui unit le pouvoir à la violence. Suscitant la fascination des artistes qui ont exploré sa dimension esthétique, la violence en peinture a inspiré aussi bien des œuvres réalistes dans la peinture italienne du XVIe siècle que des tableaux romantiques au XIXe siècle. Les deux œuvres ci-après donnent à voir la part sombre de notre humanité dans son rapport problématique à la brutalité : quand devient-elle légitime ? La violence peut-elle être magnifiée par l’art ?

Photo : Collection particulière

▲ Le Caravage (1571-1610), *Judith décapitant Holopherne* (1598), Rome (Italie), Galerie nationale d’art ancien.
La toile figure un épisode biblique : après avoir séduit et enivré le général assyrien Holopherne, la veuve Judith l’assassine pour sauver son peuple. La scène est mise en valeur par la technique du clair-obscur, typique du Caravage.

* Voir Dossier, p. 135-136.

▲ **Eugène Delacroix (1798-1863), *La Mort de Sardanapale* (1827), Paris, musée du Louvre.**
Ce tableau d'Eugène Delacroix représente la fin tragique du légendaire roi assyrien Sardanapale : assiégé dans Babylone et sachant sa défaite proche, celui-ci aurait voulu mourir avec toutes ses femmes, ses objets précieux et ses chevaux, en incendiant son palais. Le faisceau de lumière jeté par les flammes du bûcher structure la toile et dirige notre regard vers le terrible tyran qui, allongé sur son lit splendide, assiste tel un spectateur à l'exécution de la macabre sentence qu'il a prononcée. La composition mouvementée, le gigantisme de la toile (392 x 496 cm) et les couleurs chaudes, rouge et jaune, font de celle-ci un manifeste du mouvement romantique en peinture.

PÈRE UBU

Amenez le premier Noble et passez-moi le crochet à Nobles. Ceux qui seront condamnés à mort, je les passerai dans la trappe, ils tomberont dans les sous-sols du Pince-Porc et de la Chambre-à-Sous [1], où on les décervèlera. *(Au Noble.)* Qui es-tu, bouffre ?

LE NOBLE

Comte de Vitepsk [2].

PÈRE UBU

De combien sont tes revenus ?

LE NOBLE

Trois millions de rixdales [3].

PÈRE UBU

Condamné !

Il le prend avec le crochet et le passe dans le trou.

MÈRE UBU

Quelle basse férocité !

PÈRE UBU

Second Noble, qui es-tu ? *(Le Noble ne répond rien.)* Répondras-tu, bouffre ?

LE NOBLE

Grand-duc de Posen [4].

PÈRE UBU

Excellent ! excellent ! Je n'en demande pas plus long. Dans la trappe. Troisième Noble, qui es-tu ? tu as une sale tête.

---

1. ***Le Pince-Porc et la Chambre-à-Sous*** : désignations fantaisistes des lieux de torture.
2. ***Vitepsk*** (ou *Vitebsk*) : ancienne ville de Pologne aujourd'hui en Biélorussie.
3. ***Rixdales*** : ancienne monnaie d'argent en usage dans le nord et l'est de l'Europe.
4. ***Posen*** : nom allemand de Poznán, ville de Pologne.

LE NOBLE

Duc de Courlande, des villes de Riga, de Revel et de Mitau[1].

PÈRE UBU

Très bien ! très bien ! Tu n'as rien autre chose ?

LE NOBLE

Rien.

PÈRE UBU

Dans la trappe, alors. Quatrième Noble, qui es-tu ?

LE NOBLE

Prince de Podolie[2].

PÈRE UBU

Quels sont tes revenus ?

LE NOBLE

Je suis ruiné.

PÈRE UBU

Pour cette mauvaise parole, passe dans la trappe. Cinquième Noble, qui es-tu ?

LE NOBLE

Margrave[3] de Thorn[4], palatin[5] de Polock[6].

PÈRE UBU

Ça n'est pas lourd. Tu n'as rien autre chose ?

---

1. ***Courlande*** : région de l'actuelle Lettonie ; ***Riga*** : capitale de la Lettonie actuelle ; ***Revel*** : ancien nom de Tallinn, capitale de l'actuelle Estonie ; ***Mitau*** (ou Jagalva) : ville de Lettonie.
2. ***Podolie*** : région de l'actuelle Ukraine.
3. ***Margrave*** : titre porté par certains souverains d'Allemagne.
4. ***Thorn*** : nom allemand de l'actuelle Torún, ville de Pologne.
5. ***Palatin*** : outre le sens donné à la note 5, p. 25, le palatin désignait également en Pologne un gouverneur de province.
6. ***Polock*** : peut-être une déformation de Polotsk, ville de l'actuelle Biélorussie.

LE NOBLE

Cela me suffisait.

PÈRE UBU

Eh bien ! mieux vaut peu que rien. Dans la trappe. Qu'as-tu à pigner [1], Mère Ubu ?

MÈRE UBU

Tu es trop féroce, Père Ubu.

PÈRE UBU

Eh ! je m'enrichis. Je vais me faire lire MA liste de MES biens. Greffier, lisez MA liste de MES biens.

LE GREFFIER

Comté de Sandomir.

PÈRE UBU

Commence par les principautés, stupide bougre !

LE GREFFIER

Principauté de Podolie, grand-duché de Posen, duché de Courlande, comté de Sandomir, comté de Vitepsk, palatinat de Polock, margraviat [2] de Thorn.

PÈRE UBU

Et puis après ?

LE GREFFIER

C'est tout.

PÈRE UBU

Comment, c'est tout [3] ! Oh bien alors, en avant les Nobles, et comme je ne finirai pas de m'enrichir, je vais faire exécuter tous

---

1. ***Pigner*** : manifester son mécontentement.

2. ***Margraviat*** : dignité de margrave (voir note 3, p. 62)

3. Comparez cette réaction à celle qu'a Ubu au début de la pièce lorsque sa femme le pousse à faire un coup d'État.

les Nobles, et ainsi j'aurai tous les biens vacants. Allez, passez les Nobles dans la trappe.

On empile les Nobles dans la trappe.

Dépêchez-vous, plus vite, je veux faire des lois maintenant.

PLUSIEURS

On va voir ça.

PÈRE UBU

Je vais d'abord réformer la justice, après quoi nous procéderons aux finances.

PLUSIEURS MAGISTRATS

Nous nous opposons à tout changement.

PÈRE UBU

Merdre. D'abord, les magistrats ne seront plus payés.

MAGISTRATS

Et de quoi vivrons-nous ? Nous sommes pauvres.

PÈRE UBU

Vous aurez les amendes que vous prononcerez et les biens des condamnés à mort.

UN MAGISTRAT

Horreur.

DEUXIÈME

Infamie.

TROISIÈME

Scandale.

QUATRIÈME

Indignité.

TOUS

Nous nous refusons à juger dans des conditions pareilles.

PÈRE UBU

À la trappe les magistrats !

Ils se débattent en vain.

MÈRE UBU

Eh ! que fais-tu, Père Ubu ? Qui rendra maintenant la justice ?

PÈRE UBU

Tiens ! moi. Tu verras comme ça marchera bien.

MÈRE UBU

Oui, ce sera du propre.

PÈRE UBU

Allons, tais-toi, bouffresque[1]. Nous allons maintenant, messieurs, procéder aux finances.

FINANCIERS

Il n'y a rien à changer.

PÈRE UBU

Comment, je veux tout changer, moi. D'abord je veux garder pour moi la moitié des impôts.

FINANCIERS

Pas gêné.

PÈRE UBU

Messieurs, nous établirons un impôt de dix pour cent sur la propriété, un autre sur le commerce et l'industrie, et un troisième sur les mariages et un quatrième sur les décès, de quinze francs chacun.

PREMIER FINANCIER

Mais c'est idiot, Père Ubu.

DEUXIÈME FINANCIER

C'est absurde.

---

1. ***Bouffresque*** : variante de « bouffre » (voir note 1, p. 53.)

TROISIÈME FINANCIER

Ça n'a ni queue ni tête.

PÈRE UBU

Vous vous fichez de moi ! Dans la trappe, les financiers !

On enfourne les financiers.

MÈRE UBU

Mais enfin, Père Ubu, quel roi tu fais, tu massacres tout le monde.

PÈRE UBU

Eh merdre !

MÈRE UBU

Plus de justice, plus de finances.

PÈRE UBU

Ne crains rien, ma douce enfant, j'irai moi-même de village en village recueillir les impôts.

Scène 3

Une maison de paysans dans les environs de Varsovie.
Plusieurs paysans sont assemblés.

UN PAYSAN, *entrant*

Apprenez la grande nouvelle. Le roi est mort, les ducs aussi et le jeune Bougrelas s'est sauvé avec sa mère dans les montagnes. De plus, le Père Ubu s'est emparé du trône.

UN AUTRE

J'en sais bien d'autres. Je viens de Cracovie, où j'ai vu emporter les corps de plus de trois cents nobles et de cinq cents magistrats qu'on a tués, et il paraît qu'on va doubler les impôts et que le Père Ubu viendra les ramasser lui-même.

TOUS

Grand Dieu ! qu'allons-nous devenir ? le Père Ubu est un affreux sagouin et sa famille est, dit-on, abominable.

UN PAYSAN

Mais, écoutez : ne dirait-on pas qu'on frappe à la porte ?

UNE VOIX, *au-dehors.*

Cornegidouille [1] ! Ouvrez, de par ma merdre, par saint Jean, saint Pierre et saint Nicolas ! ouvrez, sabre à finances, corne finances, je viens chercher les impôts !

La porte est défoncée, Ubu pénètre suivi d'une légion de Grippe-Sous.

Scène 4

PÈRE UBU

Qui de vous est le plus vieux ? *(Un paysan s'avance.)* Comment te nommes-tu ?

LE PAYSAN

Stanislas Leczinski [2].

PÈRE UBU

Eh bien, cornegidouille, écoute-moi bien, sinon ces messieurs te couperont les oneilles [3]. Mais vas-tu m'écouter enfin ?

STANISLAS

Mais Votre Excellence n'a encore rien dit.

---

1. ***Cornegidouille*** : interjection formée par l'alliance de deux mots chers à Ubu, la « corne » et la « gidouille ». Le second mot est, on l'a vu, l'une des variantes dans la désignation du ventre. La corne, quant à elle, peut être interprétée comme l'image du sexe masculin.

2. ***Stanislas Leczinski*** : par dérision, le paysan porte le nom d'un célèbre roi de Pologne (1677-1766).

3. ***Oneilles*** : oreilles (sur la déformation des mots par Jarry voir la note 4, p. 10).

PÈRE UBU

Comment, je parle depuis une heure. Crois-tu que je vienne ici pour prêcher dans le désert ?

STANISLAS

Loin de moi cette pensée.

PÈRE UBU

Je viens donc te dire, t'ordonner et te signifier que tu aies à produire et exhiber promptement ta finance, sinon tu seras massacré. Allons, messeigneurs les salopins [1] de finance, voiturez [2] ici le voiturin [3] à phynances.

On apporte le voiturin.

STANISLAS

Sire, nous ne sommes inscrits sur le registre que pour cent cinquante-deux rixdales que nous avons déjà payées, il y aura tantôt six semaines à la Saint-Mathieu.

PÈRE UBU

C'est fort possible, mais j'ai changé le gouvernement et j'ai fait mettre dans le journal qu'on paierait deux fois tous les impôts et trois fois ceux qui pourront être désignés ultérieurement. Avec ce système, j'aurai vite fait fortune, alors je tuerai tout le monde et je m'en irai.

PAYSANS

Monsieur Ubu, de grâce, ayez pitié de nous. Nous sommes de pauvres citoyens.

PÈRE UBU

Je m'en fiche. Payez.

---

1. ***Salopins*** : déformation de « palotins » formée à partir d'une injure bien connue…

2. ***Voiturez*** : archaïsme signifiant « transportez », « apportez ».

3. ***Voiturin*** : mot rare désignant une voiture attelée (normalement prévue pour des voyageurs).

PAYSANS

Nous ne pouvons, nous avons payé.

PÈRE UBU

Payez ! ou je vous mets dans ma poche avec supplice et décollation[1] du cou et de la tête ! Cornegidouille, je suis le roi peut-être[2] !

TOUS

Ah, c'est ainsi ! Aux armes ! Vive Bougrelas, par la grâce de Dieu, roi de Pologne et de Lithuanie !

PÈRE UBU

En avant, messieurs des Finances, faites votre devoir.

Une lutte s'engage, la maison est détruite et le vieux Stanislas s'enfuit seul à travers la plaine. Ubu reste à ramasser la finance.

Scène 5

Une casemate[3] des fortifications de Thorn.

BORDURE ENCHAÎNÉ, PÈRE UBU

PÈRE UBU

Ah ! citoyen, voilà ce que c'est, tu as voulu que je te paye ce que je te devais, alors tu t'es révolté parce que je n'ai pas voulu, tu as conspiré et te voilà coffré. Cornefinance[4], c'est bien fait et le tour est si bien joué que tu dois toi-même le trouver fort à ton goût.

1. ***Décollation*** : action de couper la tête.
2. ***Peut-être*** : comprendre « oui ou non ? »
3. ***Casemate*** : abri enterré.
4. ***Cornefinance*** : nouvelle occurrence de la corne (voir note 1, p. 67), qui peut évoquer ici la corne d'abondance.

BORDURE

Prenez garde, Père Ubu. Depuis cinq jours que vous êtes roi, vous avez commis plus de meurtres qu'il n'en faudrait pour damner tous les saints du Paradis. Le sang du roi et des nobles crie vengeance et ses cris seront entendus.

PÈRE UBU

Eh ! mon bel ami, vous avez la langue fort bien pendue. Je ne doute pas que si vous vous échappiez il en pourrait résulter des complications, mais je ne crois pas que les casemates de Thorn aient jamais lâché quelqu'un des honnêtes garçons qu'on leur avait confiés. C'est pourquoi, bonne nuit, et je vous invite à dormir sur les deux oneilles, bien que les rats dansent ici une assez belle sarabande[1].

Il sort. Les Larbins viennent verrouiller toutes les portes.

Scène 6

Le palais de Moscou.

L'EMPEREUR ALEXIS ET SA COUR, BORDURE

LE CZAR[2] ALEXIS

C'est vous, infâme aventurier, qui avez coopéré à la mort de notre cousin Venceslas ?

BORDURE

Sire, pardonnez-moi, j'ai été entraîné malgré moi par le Père Ubu.

ALEXIS

Oh ! l'affreux menteur. Enfin, que désirez-vous ?

1. ***Danser la sarabande*** : au sens figuré, faire du vacarme.
2. ***Czar*** : autre orthographe du mot « tsar » qui désigne l'empereur de Russie.

BORDURE

Le Père Ubu m'a fait emprisonner sous prétexte de conspiration, je suis parvenu à m'échapper et j'ai couru cinq jours et cinq nuits à cheval à travers les steppes pour venir implorer Votre gracieuse miséricorde.

ALEXIS

Que m'apportes-tu comme gage de ta soumission ?

BORDURE

Mon épée d'aventurier et un plan détaillé de la ville de Thorn.

ALEXIS

Je prends l'épée, mais par saint Georges brûlez ce plan, je ne veux pas devoir ma victoire à une trahison.

BORDURE

Un des fils de Venceslas, le jeune Bougrelas, est encore vivant, je ferai tout pour le rétablir.

ALEXIS

Quel grade avais-tu dans l'armée polonaise ?

BORDURE

Je commandais le 5e régiment des dragons [1] de Wilna [2] et une compagnie franche [3] au service du Père Ubu.

ALEXIS

C'est bien, je te nomme sous-lieutenant au 10e régiment de Cosaques [4], et gare à toi si tu trahis. Si tu te bats bien, tu seras récompensé.

BORDURE

Ce n'est pas le courage qui me manque, Sire.

1. ***Dragons*** : voir note 2, p. 28.
2. ***Wilna*** : actuelle Vilnius, capitale de la Lituanie.
3. ***Une compagnie franche*** : une compagnie qui ne fait pas partie de l'armée régulière.
4. ***Cosaques*** : cavaliers de l'armée russe.

ALEXIS

C'est bien, disparais de ma présence.

Il sort.

Scène 7

La salle du Conseil d'Ubu.

PÈRE UBU, MÈRE UBU, CONSEILLERS DE PHYNANCES

PÈRE UBU

Messieurs, la séance est ouverte et tâchez de bien écouter et de vous tenir tranquilles. D'abord, nous allons faire le chapitre des finances, ensuite nous parlerons d'un petit système que j'ai imaginé pour faire venir le beau temps et conjurer la pluie.

UN CONSEILLER

Fort bien, monsieur Ubu.

MÈRE UBU

Quel sot homme.

PÈRE UBU

Madame de ma merdre, garde à vous, car je ne souffrirai pas vos sottises. Je vous disais donc, messieurs, que les finances vont passablement. Un nombre considérable de chiens à bas de laine se répand chaque matin dans les rues et les salopins font merveille. De tous côtés on ne voit que des maisons brûlées et des gens pliant sous le poids de nos phynances.

LE CONSEILLER

Et les nouveaux impôts, monsieur Ubu, vont-ils bien ?

MÈRE UBU

Point du tout. L'impôt sur les mariages n'a encore produit que 11 sous, et encore le Père Ubu poursuit les gens partout pour les forcer à se marier.

PÈRE UBU

Sabre à finances, corne de ma gidouille, madame la financière, j'ai des oneilles [1] pour parler et vous une bouche pour m'entendre. *(Éclats de rire.)* Ou plutôt non ! Vous me faites tromper et vous êtes cause que je suis bête ! Mais, corne d'Ubu ! *(Un messager entre.)* Allons, bon, qu'a-t-il encore celui-là ? Va-t'en, sagouin, ou je te poche [2] avec décollation et torsion des jambes.

MÈRE UBU

Ah ! le voilà dehors, mais il y a une lettre.

PÈRE UBU

Lis-la. Je crois que je perds l'esprit ou que je ne sais pas lire. Dépêche-toi, bouffresque, ce doit être de Bordure.

MÈRE UBU

Tout justement. Il dit que le czar l'a accueilli très bien, qu'il va envahir tes États pour rétablir Bougrelas et que toi tu seras tué.

PÈRE UBU

Ho ! ho ! J'ai peur ! J'ai peur ! Ha ! je pense mourir. Ô pauvre homme que je suis. Que devenir, grand Dieu ? Ce méchant homme va me tuer. Saint Antoine et tous les saints, protégez-moi, je vous donnerai de la phynance et je brûlerai des cierges pour vous. Seigneur, que devenir ?

Il pleure et sanglote.

MÈRE UBU

Il n'y a qu'un parti à prendre, Père Ubu.

PÈRE UBU

Lequel, mon amour ?

---

1. ***Oneilles*** : voir note 3, p. 67.
2. ***Je te poche*** : je te donne un coup violent sur la figure ou « je te mets dans la poche », c'est-à-dire dans une cavité ténébreuse.

MÈRE UBU

La guerre !!

TOUS

Vive Dieu ! Voilà qui est noble !

PÈRE UBU

Oui, et je recevrai encore des coups.

PREMIER CONSEILLER

Courons, courons organiser l'armée.

DEUXIÈME

Et réunir les vivres.

TROISIÈME

Et préparer l'artillerie et les forteresses.

QUATRIÈME

Et prendre l'argent pour les troupes.

PÈRE UBU

Ah ! non, par exemple ! Je vais te tuer, toi. Je ne veux pas donner d'argent. En voilà d'une autre [1] ! J'étais payé pour faire la guerre et maintenant il faut la faire à mes dépens. Non, de par ma chandelle verte, faisons la guerre, puisque vous en êtes enragés, mais ne déboursons pas un sou.

TOUS

Vive la guerre !

1. ***En voilà d'une autre*** : voilà une autre histoire (formule exclamative qui porte une nuance d'incrédulité).

Scène 8

Le camp sous Varsovie.

SOLDATS ET PALOTINS

Vive la Pologne ! Vive le Père Ubu !

PÈRE UBU

Ah ! Mère Ubu, donne-moi ma cuirasse et mon petit bout de bois[1]. Je vais être bientôt tellement chargé que je ne saurais marcher si j'étais poursuivi.

MÈRE UBU

Fi, le lâche.

PÈRE UBU

Ah ! voilà le sabre à merdre qui se sauve et le croc à finances qui ne tient pas !!! Je n'en finirai jamais, et les Russes avancent et vont me tuer.

UN SOLDAT

Seigneur Ubu, voilà le ciseau à oneilles qui tombe.

PÈRE UBU

Ji tou tue[2] au moyen du croc à merdre et du couteau à figure.

MÈRE UBU

Comme il est beau avec son casque et sa cuirasse, on dirait une citrouille armée.

---

1. ***Mon petit bout de bois*** : allusion à la canne ou à la baguette du professeur Hébert (voir la présentation).
2. ***Ji tou tue*** : je te tue.

Père Ubu

Ah ! maintenant, je vais monter à cheval. Amenez, messieurs, le cheval à phynances.

Mère Ubu

Père Ubu, ton cheval ne saurait plus te porter, il n'a rien mangé depuis cinq jours et est presque mort.

Père Ubu

Elle est bonne celle-là ! On me fait payer 12 sous par jour pour cette rosse[1] et elle ne me peut porter. Vous vous fichez, corne d'Ubu[2], ou bien si vous me volez[3] ? *(La Mère Ubu rougit et baisse les yeux.)* Alors, que l'on m'apporte une autre bête, mais je n'irai pas à pied, cornegidouille !

On amène un énorme cheval.

Père Ubu

Je vais monter dessus. Oh ! assis plutôt ! car je vais tomber. *(Le cheval part.)* Ah ! arrêtez ma bête, Grand Dieu, je vais tomber et être mort !!!

Mère Ubu

Il est vraiment imbécile. Ah ! le voilà relevé. Mais il est tombé par terre.

Père Ubu

Corne physique, je suis à moitié mort ! Mais c'est égal, je pars en guerre et je tuerai tout le monde. Gare à qui ne marchera pas droit. Ji lon mets[4] dans ma poche avec torsion du nez et des dents et extraction de la langue.

---

1. ***Rosse*** : mauvais cheval.

2. Nouvelle référence à la « corne », cette fois associée à Ubu et, quelques lignes plus loin, à la physique.

3. ***Si vous me volez*** : tournure ancienne où « si » veut dire « est-ce que ».

4. ***Ji lon mets*** : je lui mets (voir note 2, p. 75).

MÈRE UBU

Bonne chance, monsieur Ubu.

PÈRE UBU

J'oubliais de te dire que je te confie la régence. Mais j'ai sur moi le livre des finances, tant pis pour toi si tu me voles. Je te laisse pour t'aider le Palotin Giron. Adieu, Mère Ubu.

MÈRE UBU

Adieu, Père Ubu. Tue bien le czar.

PÈRE UBU

Pour sûr. Torsion du nez et des dents, extraction de la langue et enfoncement du petit bout de bois dans les oneilles.

L'armée s'éloigne au bruit des fanfares.

MÈRE UBU, *seule.*

Maintenant que ce gros pantin est parti, tâchons de faire nos affaires, tuer Bougrelas et nous emparer du trésor.

FIN DU TROISIÈME ACTE

Acte IV

Scène première

La crypte des anciens rois de Pologne dans la cathédrale de Varsovie.

MÈRE UBU

Où donc est ce trésor ? Aucune dalle ne sonne creux. J'ai pourtant bien compté treize pierres après le tombeau de Ladislas le Grand[1] en allant le long du mur, et il n'y a rien. Il faut qu'on m'ait trompée. Voilà cependant : ici la pierre sonne creux. À l'œuvre, Mère Ubu. Courage, descellons cette pierre. Elle tient bon. Prenons ce bout de croc à finances qui fera encore son office. Voilà ! Voilà l'or au milieu des ossements des rois. Dans notre sac, alors, tout ! Eh ! quel est ce bruit ? Dans ces vieilles voûtes y aurait-il encore des vivants ? Non, ce n'est rien, hâtons-nous. Prenons tout. Cet argent sera mieux à la face du jour qu'au milieu des tombeaux des anciens princes. Remettons la pierre. Eh quoi ! toujours ce bruit. Ma présence en ces lieux me cause une

1. ***Ladislas le Grand*** : plusieurs souverains polonais ont porté le nom de Ladislas. Jarry, bien qu'il situe l'intrigue d'*Ubu Roi* dans une Pologne imaginaire, utilise des noms historiques (voir également, quelques lignes plus loin, Jean Sigismond) et géographiques réels.

étrange frayeur. Je prendrai le reste de cet or une autre fois, je reviendrai demain.

UNE VOIX, *sortant du tombeau de Jean Sigismond.*

Jamais, Mère Ubu !

La Mère Ubu se sauve affolée, emportant l'or volé par la porte secrète.

Scène 2

La place de Varsovie.

BOUGRELAS ET SES PARTISANS, PEUPLE ET SOLDATS

BOUGRELAS

En avant, mes amis ! Vive Venceslas et la Pologne ! le vieux gredin de Père Ubu est parti, il ne reste plus que la sorcière de Mère Ubu avec son Palotin. Je m'offre à marcher à votre tête et à rétablir la race de mes pères.

TOUS

Vive Bougrelas !

BOUGRELAS

Et nous supprimerons tous les impôts établis par l'affreux Père Ub.

TOUS

Hurrah ! en avant ! Courons au palais et massacrons cette engeance[1].

BOUGRELAS

Eh ! voilà la Mère Ubu qui sort avec ses gardes sur le perron !

MÈRE UBU

Que voulez-vous, messieurs ? Ah ! c'est Bougrelas.

La foule lance des pierres.

---

1. ***Engeance*** : mauvaise espèce.

PREMIER GARDE

Tous les carreaux sont cassés.

DEUXIÈME GARDE

Saint Georges, me voilà assommé.

TROISIÈME GARDE

Cornebleu, je meurs.

BOUGRELAS

Lancez des pierres, mes amis.

LE PALOTIN GIRON

Hon ! C'est ainsi !

Il dégaine et se précipite, faisant un carnage épouvantable.

BOUGRELAS

À nous deux ! Défends-toi, lâche pistolet.

Ils se battent.

GIRON

Je suis mort !

BOUGRELAS

Victoire, mes amis ! Sus à la Mère Ubu !

On entend des trompettes.

BOUGRELAS

Ah ! voilà les Nobles qui arrivent. Courons, attrapons la mauvaise harpie [1] !

TOUS

En attendant que nous étranglions le vieux bandit !

La Mère Ubu se sauve poursuivie par tous les Polonais. Coups de fusil et grêle de pierres.

---

1. ***Harpie*** : sorcière.

Scène 3

L'armée polonaise en marche dans l'Ukraine.

PÈRE UBU

Cornebleu, jambedieu[1], tête de vache ! nous allons périr, car nous[2] mourons de soif et sommes fatigué. Sire Soldat, ayez l'obligeance de porter notre casque à finances, et vous, sire Lancier, chargez-vous du ciseau à merdre et du bâton à physique[3] pour soulager notre personne, car, je le répète, nous sommes fatigué.

Les soldats obéissent.

PILE

Hon ! Monsieuye[4] ! Il est étonnant que les Russes n'apparaissent point.

PÈRE UBU

Il est regrettable que l'état de nos finances ne nous permette pas d'avoir une voiture à notre taille ; car, par crainte de démolir notre monture, nous avons fait tout le chemin à pied, traînant notre cheval par la bride. Mais quand nous serons de retour en Pologne, nous imaginerons, au moyen de notre science en physique[5] et aidé des lumières de nos conseillers, une voiture à vent pour transporter toute l'armée.

---

1. ***Jambedieu*** : emprunt à Rabelais (*Quart Livre*) ; déformation de « Jambe de dieu », qui désigne une jambe malade, gangrenée, exhibée par un mendiant.

2. ***Nous*** : pluriel de majesté (celui qu'employaient les rois).

3. ***Bâton à physique*** : nouvelle allusion sans doute à la baguette du professeur de physique Hébert (voir la présentation, p. 5).

4. ***Monsieuye*** : déformation de « monsieur ».

5. Nouvelle allusion au professeur de physique, plus claire encore que la précédente.

COTICE

Voilà Nicolas Rensky qui se précipite.

PÈRE UBU

Et qu'a-t-il, ce garçon ?

RENSKY

Tout est perdu. Sire, les Polonais sont révoltés, Giron est tué et la Mère Ubu est en fuite dans les montagnes.

PÈRE UBU

Oiseau de nuit, bête de malheur, hibou à guêtres ! Où as-tu pêché ces sornettes ? En voilà d'une autre ! Et qui a fait ça ? Bougrelas, je parie. D'où viens-tu ?

RENSKY

De Varsovie, noble Seigneur.

PÈRE UBU

Garçon de ma merdre, si je t'en croyais je ferais rebrousser chemin à toute l'armée. Mais, seigneur garçon, il y a sur tes épaules plus de plumes que de cervelle et tu as rêvé des sottises. Va aux avant-postes, mon garçon, les Russes ne sont pas loin et nous aurons bientôt à estocader [1] de nos armes, tant à merdre qu'à phynances et à physique [2].

LE GÉNÉRAL LASGY

Père Ubu, ne voyez-vous pas dans la plaine les Russes ?

PÈRE UBU

C'est vrai, les Russes ! Me voilà joli. Si encore il y avait moyen de s'en aller, mais pas du tout, nous sommes sur une hauteur et nous serons en butte à tous les coups.

---

1. ***Estocader*** : néologisme formé sur le mot « estocade », qui signifie coup d'épée.
2. Les armes et le discours du père Ubu sont toujours placés sous ces trois signes, qui sont chacun une allusion à la laideur morale, à l'ambition et à la matière enseignée par le Père Heb.

L'ARMÉE

Les Russes ! L'ennemi !

PÈRE UBU

Allons, messieurs, prenons nos dispositions pour la bataille. Nous allons rester sur la colline et ne commettrons point la sottise de descendre en bas. Je me tiendrai au milieu comme une citadelle vivante et vous autres graviterez autour de moi. J'ai à vous recommander de mettre dans les fusils autant de balles qu'ils en pourront tenir, car 8 balles peuvent tuer 8 Russes et c'est autant que je n'aurai pas sur le dos. Nous mettrons les fantassins à pied au bas de la colline pour recevoir les Russes et les tuer un peu, les cavaliers derrière pour se jeter dans la confusion, et l'artillerie autour du moulin à vent ici présent pour tirer dans le tas. Quant à nous, nous nous tiendrons dans le moulin à vent et tirerons avec le pistolet à phynances par la fenêtre, en travers de la porte nous placerons le bâton à physique, et si quelqu'un essaye d'entrer gare au croc à merdre !!!

OFFICIERS

Vos ordres, Sire Ubu, seront exécutés.

PÈRE UBU

Eh ! cela va bien, nous serons vainqueurs. Quelle heure est-il ?

LE GÉNÉRAL LASCY

Onze heures du matin.

PÈRE UBU

Alors, nous allons dîner, car les Russes n'attaqueront pas avant midi. Dites aux soldats, Seigneur Général, de faire leurs besoins et d'entonner la Chanson à Finances.

Lascy s'en va.

SOLDATS ET PALOTINS

Vive le Père Ubu, notre grand Financier ! Ting, ting, ting ; ting, ting, ting ; ting, ting, tating !

Père Ubu

Ô les braves gens, je les adore. *(Un boulet russe arrive et casse l'aile du moulin.)* Ah ! j'ai peur, Sire Dieu, je suis mort ! et cependant non, je n'ai rien.

Scène 4

Les mêmes, un capitaine
puis l'armée russe

Un Capitaine, *arrivant.*

Sire Ubu, les Russes attaquent.

Père Ubu

Eh bien, après, que veux-tu que j'y fasse ? ce n'est pas moi qui le leur ai dit. Cependant, Messieurs des Finances, préparons-nous au combat.

Le Général Lascy

Un second boulet !

Père Ubu

Ah ! je n'y tiens plus. Ici il pleut du plomb et du fer, et nous pourrions endommager notre précieuse personne. Descendons.

Tous descendent au pas de course. La bataille vient de s'engager. Ils disparaissent dans des torrents de fumée au pied de la colline.

Un Russe, *frappant.*

Pour Dieu et le Czar !

Rensky

Ah ! je suis mort.

Père Ubu

En avant ! Ah, toi, Monsieur, que je t'attrape, car tu m'as fait mal, entends-tu ? sac à vin ! avec ton flingot [1] qui ne part pas.

1. ***Flingot*** : affûteur de boucher et, plus tard, fusil.

LE RUSSE

Ah ! voyez-vous ça.

Il lui tire un coup de revolver.

PÈRE UBU

Ah ! Oh ! Je suis blessé, je suis troué, je suis perforé, je suis administré[1], je suis enterré. Oh, mais tout de même ! Ah ! je le tiens. *(Il le déchire.)* Tiens ! recommenceras-tu, maintenant !

LE GÉNÉRAL LASCY

En avant, poussons vigoureusement, passons le fossé. La victoire est à nous.

PÈRE UBU

Tu crois ? Jusqu'ici je sens sur mon front plus de bosses que de lauriers.

CAVALIERS RUSSES

Hurrah ! Place au Czar !

Le Czar arrive, accompagné de Bordure, déguisé.

UN POLONAIS

Ah ! Seigneur ! Sauve qui peut, voilà le Czar !

UN AUTRE

Ah ! mon Dieu ! il passe le fossé.

UN AUTRE

Pif ! Paf ! en voilà quatre d'assommés par ce grand bougre de lieutenant.

BORDURE

Ah ! vous n'avez pas fini, vous autres ! Tiens, Jean Sobiesky[2], voilà ton compte ! *(Il l'assomme.)* À d'autres, maintenant ! *(Il fait un massacre de Polonais.)*

---

1. ***Je suis administré*** : comprendre « on m'a administré les derniers sacrements ».
2. ***Jean Sobiesky*** : nom d'un monarque polonais ayant régné de 1674 à 1696.

PÈRE UBU

En avant, mes amis. Attrapez ce bélître[1] ! En compote les Moscovites ! La victoire est à nous. Vive l'Aigle rouge[2] !

TOUS

En avant ! Hurrah ! Jambedieu ! Attrapez le grand bougre.

BORDURE

Par saint Georges, je suis tombé.

PÈRE UBU, *le reconnaissant.*

Ah ! c'est toi, Bordure ! Ah ! mon ami. Nous sommes bien heureux ainsi que toute la compagnie de te retrouver. Je vais te faire cuire à petit feu. Messieurs des Finances, allumez du feu. Oh ! Ah ! Oh ! Je suis mort. C'est au moins un coup de canon que j'ai reçu. Ah ! mon Dieu, pardonnez-moi mes péchés. Oui, c'est bien un coup de canon.

BORDURE

C'est un coup de pistolet chargé à poudre.

PÈRE UBU

Ah ! tu te moques de moi ! Encore ! À la pôche[3] !

Il se rue sur lui et le déchire.

LE GÉNÉRAL LASCY

Père Ubu, nous avançons partout.

PÈRE UBU

Je le vois bien, je n'en peux plus, je suis criblé de coups de pied, je voudrais m'asseoir par terre. Oh ! ma bouteille.

---

1. ***Bélître*** : injure désignant un homme de rien.

2. ***L'Aigle rouge*** : l'aigle est un emblème que l'on retrouve sur les blasons et sur les drapeaux polonais.

3. ***À la pôche*** : déformation orthographique de « à la poche », équivalent de « je li fous à la poche » que l'on trouve plus loin.

LE GÉNÉRAL LASCY

Allez prendre celle du Czar, Père Ubu.

PÈRE UBU

Eh ! J'y vais de ce pas. Allons ! Sabre à merdre, fais ton office, et toi, croc à finances, ne reste pas en arrière. Que le bâton à physique travaille d'une généreuse émulation et partage avec le petit bout de bois l'honneur de massacrer, creuser et exploiter l'Empereur moscovite. En avant, Monsieur notre cheval à finances !

Il se rue sur le Czar.

UN OFFICIER RUSSE

En garde, Majesté !

PÈRE UBU

Tiens, toi ! Oh ! aïe ! Ah ! mais tout de même. Ah ! monsieur, pardon, laissez-moi tranquille. Oh ! mais, je n'ai pas fait exprès !

Il se sauve, le Czar le poursuit.

PÈRE UBU

Sainte Vierge, cet enragé me poursuit ! Qu'ai-je fait, grand Dieu ! Ah ! bon, il y a encore le fossé à repasser. Ah ! je le sens derrière moi et le fossé devant ! Courage, fermons les yeux !

Il saute le fossé. Le Czar y tombe.

LE CZAR

Bon, je suis dedans !

POLONAIS

Hurrah ! le Czar est à bas !

PÈRE UBU

Ah ! j'ose à peine me retourner ! Il est dedans. Ah ! c'est bien fait et on tape dessus. Allons, Polonais, allez-y à tour de bras, il a bon dos, le misérable ! Moi, je n'ose pas le regarder ! Et cependant notre prédiction s'est complètement réalisée, le bâton à physique a fait merveilles et nul doute que je ne l'eusse complètement tué si une inexplicable terreur n'était venue combattre et annuler en nous les effets de notre courage. Mais nous avons dû soudainement tourner casaque[1], et nous n'avons dû notre salut qu'à notre habileté comme cavalier ainsi qu'à la solidité des jarrets de notre cheval à finances, dont la rapidité n'a d'égale que la solidité et dont la légèreté fait la célébrité, ainsi qu'à la profondeur du fossé qui s'est trouvé fort à propos sous les pas de l'ennemi de nous l'ici présent Maître des Phynances. Tout ceci est fort beau, mais personne ne m'écoute. Allons ! bon, ça recommence !

Les dragons russes font une charge et délivrent le Czar.

LE GÉNÉRAL LASCY

Cette fois, c'est la débandade.

PÈRE UBU

Ah ! voici l'occasion de se tirer des pieds[2]. Or donc, Messieurs les Polonais, en avant ! ou plutôt en arrière !

POLONAIS

Sauve qui peut !

PÈRE UBU

Allons ! en route. Quel tas de gens, quelle fuite, quelle multitude, comment me tirer de ce gâchis ? *(Il est bousculé.)* Ah ! mais toi ! fais attention, ou tu vas expérimenter la bouillante valeur du Maître des Phynances[3]. Ah ! il est parti, sauvons-nous et vivement pendant que Lascy ne nous voit pas.

Il sort, ensuite on voit passer le Czar et l'armée russe poursuivant les Polonais.

---

1. ***Tourner casaque*** : fuir.
2. ***Se tirer des pieds*** : déformation, dans un langage familier, de l'expression archaïque « tirer ses chausses », qui signifie également fuir.
3. De même qu'il emploie le nous de majesté, Ubu parle de lui à la 3e personne.

Scène 5

Une caverne en Lithuanie. Il neige.

PÈRE UBU, PILE, COTICE

PÈRE UBU

Ah ! le chien de temps, il gèle à pierre à fendre [1] et la personne du Maître des Finances s'en trouve fort endommagée.

PILE

Hon ! Monsieuye Ubu, êtes-vous remis de votre terreur et de votre fuite ?

PÈRE UBU

Oui ! Je n'ai plus peur, mais j'ai encore la fuite.

COTICE, *à part.*

Quel pourceau !

PÈRE UBU

Eh ! sire Cotice, votre oneille, comment va-t-elle ?

COTICE

Aussi bien, Monsieuye, qu'elle peut aller tout en allant très mal. Par conséiquent de quoye, le plomb la penche vers la terre et je n'ai pu extraire la balle.

PÈRE UBU

Tiens, c'est bien fait ! Toi, aussi, tu voulais toujours taper les autres. Moi j'ai déployé la plus grande valeur, et sans m'exposer j'ai massacré quatre ennemis de ma propre main, sans compter tous ceux qui étaient déjà morts et que nous avons achevés.

---

1. ***Il gèle à pierre à fendre*** : déformation de l'expression « geler à pierre fendre », qui signifie « geler au point de fendre la pierre ».

COTICE

Savez-vous, Pile, ce qu'est devenu le petit Rensky ?

PILE

Il a reçu une balle dans la tête.

PÈRE UBU

Ainsi que le coquelicot et le pissenlit à la fleur de leur âge sont fauchés par l'impitoyable faux de l'impitoyable faucheur qui fauche impitoyablement leur pitoyable binette[1], – ainsi le petit Rensky a fait le coquelicot, il s'est fort bien battu cependant, mais aussi il y avait trop de Russes[2].

PILE ET COTICE

Hon ! Monsieuye !

UN ÉCHO

Hhrron !

PILE

Qu'est-ce ? Armons-nous de nos lumelles[3].

PÈRE UBU

Ah ! non ! par exemple, encore des Russes, je parie ! J'en ai assez ! et puis c'est bien simple, s'ils m'attrapent ji lon fous à la poche[4].

---

1. ***Binette*** : jeu de mot, « binette » désigne ici à la fois la tête des fleurs et l'instrument servant au binage de la terre.

2. Cette réplique se veut une sorte d'oraison funèbre poétique, en réalité ridicule.

3. ***Lumelles*** : le mot désigne des lames chez Rabelais, mais il peut aussi s'agir d'une paire de jumelles.

4. ***Ji lon fous à la poche*** : voir note 3, p. 86.

Scène 6

LES MÊMES. *Entre un ours*[1].

COTICE

Hon, Monsieuye des Finances !

PÈRE UBU

Oh ! tiens, regardez donc le petit toutou. Il est gentil, ma foi.

PILE

Prenez garde ! Ah ! quel énorme ours : mes cartouches !

PÈRE UBU

Un ours ! Ah ! l'atroce bête. Oh ! pauvre homme, me voilà mangé. Que Dieu me protège. Et il vient sur moi. Non, c'est Cotice qu'il attrape. Ah ! je respire.

L'ours se jette sur Cotice. Pile l'attaque à coups de couteau. Ubu se réfugie sur un rocher.

COTICE

À moi, Pile ! à moi ! au secours, Monsieuye Ubu !

PÈRE UBU

Bernique[2] ! Débrouille-toi, mon ami ; pour le moment, nous faisons notre Pater Noster. Chacun son tour d'être mangé.

PILE

Je l'ai, je le tiens.

COTICE

Ferme, ami, il commence à me lâcher.

---

1. L'apparition de l'ours s'inspire d'un passage de *La Princesse d'Élide*, de Molière.

2. ***Bernique*** : interjection ancienne équivalente à « rien à faire ».

PÈRE UBU

Sanctificetur nomen tuum[1] !

COTICE

Lâche bougre !

PILE

Ah ! il me mord ! Ô Seigneur, sauvez-nous, je suis mort.

PÈRE UBU

Fiat voluntas tua[2] !

COTICE

Ah ! j'ai réussi à le blesser.

PILE

Hurrah ! il perd son sang.

Au milieu des cris des Palotins, l'ours beugle[3] *de douleur et Ubu continue à marmotter.*

COTICE

Tiens-le ferme, que j'attrape mon coup-de-poing explosif[4].

PÈRE UBU

Panem nostrum quotidianum da nobis hodie[5].

PILE

L'as-tu enfin ? Je n'en peux plus.

---

1. ***Sanctificetur nomen tuum*** : en latin, « que ton nom soit sanctifié » ; cette phrase ainsi que les suivantes sont des emprunts à la prière du « Notre Père » (en latin *Pater Noster*).

2. ***Fiat voluntas tua*** : en latin, « que ta volonté soit faite ».

3. Le beuglement est normalement le cri des bovins.

4. Invention qui rappelle les gadgets que l'on trouve chez certains personnages de bande dessinée contemporains.

5. ***Panem nostrum quotidianum da nobis hodie*** : en latin, « donne-nous aujourd'hui notre pain quotidien ».

PÈRE UBU

Sicut et nos dimittimus debitoribus nostris [1].

COTICE

Ah ! je l'ai.

Une explosion retentit et l'ours tombe mort.

PILE ET COTICE

Victoire !

PÈRE UBU

Sed libera nos a malo [2]. Amen. Enfin, est-il bien mort ? Puis-je descendre de mon rocher ?

PILE, *avec mépris.*

Tant que vous voudrez.

PÈRE UBU, *descendant.*

Vous pouvez vous flatter que si vous êtes encore vivants et si vous foulez encore la neige de Lithuanie, vous le devez à la vertu magnanime du Maître des Finances, qui s'est évertué, échiné et égosillé à débiter des patenôtres [3] pour votre salut, et qui a manié avec autant de courage le glaive spirituel de la prière que vous avez manié avec adresse le temporel [4] de l'ici présent Palotin Cotice coup-de-poing explosif. Nous avons même poussé plus loin notre dévouement, car nous n'avons pas hésité à monter sur un rocher fort haut pour que nos prières aient moins loin à arriver au ciel.

---

1. ***Sicut et nos dimittimus debitoribus nostris*** : en latin, « comme nous pardonnons aussi à ceux qui nous ont offensés ».
2. ***Sed libera nos a malo*** : en latin, « mais délivre-nous du mal ».
3. ***Patenôtres*** : prières ; le mot désigne aussi des paroles marmottées de manière inaudible.
4. ***Temporel*** : le mot renvoie ici à l'opposition du spirituel (ce qui est d'ordre moral et n'appartient pas au monde sensible) et du temporel (ce qui est de l'ordre des biens matériels). Temporel est en épithète du coup-de-poing explosif de Cotice.

PILE

Révoltante bourrique !

PÈRE UBU

Voici une grosse bête. Grâce à moi, vous avez de quoi souper. Quel ventre, messieurs ! Les Grecs y auraient été plus à l'aise que dans le cheval de bois [1], et peu s'en est fallu, chers amis, que nous n'ayons pu aller vérifier de nos propres yeux sa capacité intérieure.

PILE

Je meurs de faim. Que manger ?

COTICE

L'ours !

PÈRE UBU

Eh ! pauvres gens, allez-vous le manger tout cru ? Nous n'avons rien pour faire du feu.

PILE

N'avons-nous pas nos pierres à fusil ?

PÈRE UBU

Tiens, c'est vrai. Et puis, il me semble que voilà non loin d'ici un petit bois où il doit y avoir des branches sèches. Va en chercher, Sire Cotice.

Cotice s'éloigne à travers la neige.

PILE

Et maintenant, Sire Ubu, allez dépecer l'ours.

PÈRE UBU

Oh non ! Il n'est peut-être pas mort. Tandis que toi, qui es déjà à moitié mangé et mordu de toutes parts, c'est tout à fait dans ton rôle. Je vais allumer du feu en attendant qu'il apporte du bois.

Pile commence à dépecer l'ours.

---

1. ***Le cheval de bois*** : allusion au cheval de Troie, vaste construction dans le flanc de laquelle les Grecs pénétrèrent en cachette dans la ville et s'en emparèrent.

PÈRE UBU

Oh ! prends garde ! il a bougé.

PILE

Mais, Sire Ubu, il est déjà tout froid.

PÈRE UBU

C'est dommage, il aurait mieux valu le manger chaud. Ceci va procurer une indigestion au Maître des Finances.

PILE, *à part.*

C'est révoltant. *(Haut.)* Aidez-nous un peu. Monsieur Ubu, je ne puis faire toute la besogne.

PÈRE UBU

Non, je ne veux rien faire, moi ! Je suis fatigué, bien sûr !

COTICE, *rentrant.*

Quelle neige, mes amis, on se dirait en Castille ou au pôle Nord. La nuit commence à tomber. Dans une heure il fera noir. Hâtons-nous pour voir encore clair.

PÈRE UBU

Oui, entends-tu, Pile ? hâte-toi. Hâtez-vous tous les deux ! Embrochez la bête, cuisez la bête, j'ai faim, moi !

PILE

Ah ! c'est trop fort, à la fin ! Il faudra travailler ou bien tu n'auras rien, entends-tu, goinfre !

PÈRE UBU

Oh ! ça m'est égal, j'aime autant le manger tout cru, c'est vous qui serez attrapés. Et puis, j'ai sommeil, moi !

COTICE

Que voulez-vous, Pile ? Faisons le dîner tout seuls. Il n'en aura pas. Voilà tout. Ou bien on pourra lui donner les os.

PILE

C'est bien. Ah, voilà le feu qui flambe.

PÈRE UBU

Oh ! c'est bon ça, il fait chaud maintenant. Mais je vois des Russes partout. Quelle fuite, grand Dieu ! Ah !

Il tombe endormi.

COTICE

Je voudrais savoir si ce que disait Rensky est vrai, si la Mère Ubu est vraiment détrônée. Ça n'aurait rien d'impossible.

PILE

Finissons de faire le souper.

COTICE

Non, nous avons à parler de choses plus importantes. Je pense qu'il serait bon de nous enquérir de la véracité de ces nouvelles.

PILE

C'est vrai, faut-il abandonner le Père Ubu ou rester avec lui ?

COTICE

La nuit porte conseil. Dormons, nous verrons demain ce qu'il faut faire.

PILE

Non, il vaut mieux profiter de la nuit pour nous en aller.

COTICE

Partons, alors.

Ils partent.

Scène 7

UBU *parle en dormant.*

Ah ! Sire Dragon russe, faites attention, ne tirez pas par ici, il y a du monde. Ah ! voilà Bordure, qu'il est mauvais, on dirait un ours. Et Bougrelas qui vient sur moi ! L'ours, l'ours ! Ah ! le voilà à bas ! qu'il est dur, grand Dieu ! Je ne veux rien faire, moi ! Va-t'en, Bougrelas ! Entends-tu, drôle ? Voilà Rensky maintenant, et le Czar ! Oh ! ils vont me battre. Et la Rbue [1] ! Où as-tu pris tout cet or ? Tu m'as pris mon or, misérable, tu as été farfouiller dans mon tombeau qui est dans la cathédrale de Varsovie, près de la Lune. Je suis mort depuis longtemps, moi, c'est Bougrelas qui m'a tué et je suis enterré à Varsovie près de Vladislas le Grand, et aussi à Cracovie près de Jean Sigismond, et aussi à Thorn dans la casemate avec Bordure ! Le voilà encore. Mais va-t'en, maudit ours. Tu ressembles à Bordure. Entends-tu, bête de Satan ? Non, il n'entend pas, les Salopins lui ont coupé les oneilles. Décervelez, tudez [2], coupez les oneilles, arrachez la finance et buvez jusqu'à la mort, c'est la vie des Salopins, c'est le bonheur du Maître des Finances.

Il se tait et dort.

FIN DU QUATRIÈME ACTE

1. ***Rbue*** : contraction de « Mère Ubu » qui peut évoquer le mot « rebut », c'est-à-dire déchet.
2. ***Tudez*** : déformation de « tuez ».

Acte V

Scène première

Il fait nuit. Le PÈRE UBU *dort. Entre la* MÈRE UBU *sans le voir. L'obscurité est complète.*

MÈRE UBU[1]

Enfin, me voilà à l'abri. Je suis seule ici, ce n'est pas dommage, mais quelle course effrénée : traverser toute la Pologne en quatre jours ! Tous les malheurs m'ont assaillie à la fois. Aussitôt partie cette grosse bourrique, je vais à la crypte m'enrichir. Bientôt après je manque d'être lapidée par ce Bougrelas et ces enragés. Je perds mon cavalier le Palotin Giron qui était si amoureux de mes attraits qu'il se pâmait d'aise en me voyant, et même, m'a-t-on assuré, en ne me voyant pas, ce qui est le comble de la tendresse. Il se serait fait couper en deux[2] pour moi, le pauvre garçon. La preuve, c'est qu'il a été coupé en quatre par Bougrelas. Pif paf pan ! Ah ! je pense mourir. Ensuite donc, je

1. Cette tirade est une parodie des récits qu'on trouve dans la tragédie classique.

2. Jeu de mot sur Giron : « gironné » est un terme de blason qui signifie divisé en plusieurs parties.

prends la fuite, poursuivie par la foule en fureur. Je quitte le palais, j'arrive à la Vistule, tous les ponts étaient gardés. Je passe le fleuve à la nage, espérant ainsi lasser mes persécuteurs. De tous côtés la noblesse se rassemble et me poursuit. Je manque mille fois périr, étouffée dans un cercle de Polonais acharnés à me perdre. Enfin je trompai leur fureur, et après quatre jours de courses dans la neige de ce qui fut mon royaume j'arrive me réfugier ici. Je n'ai ni bu ni mangé ces quatre jours. Bougrelas me serrait de près...

Enfin, me voilà sauvée. Ah ! je suis morte de fatigue et de froid. Mais je voudrais bien savoir ce qu'est devenu mon gros polichinelle [1], je veux dire mon très respectable époux. Lui en ai-je pris, de la finance. Lui en ai-je volé, des rixdales. Lui en ai-je tiré, des carottes [2]. Et son cheval à finances qui mourait de faim : il ne voyait pas souvent d'avoine, le pauvre diable. Ah ! la bonne histoire. Mais hélas ! j'ai perdu mon trésor ! Il est à Varsovie, ira le chercher qui voudra.

PÈRE UBU, *commençant à se réveiller.*

Attrapez la Mère Ubu, coupez les oneilles !

MÈRE UBU

Ah ! Dieu ! Où suis-je ? Je perds la tête. Ah ! non, Seigneur !

Grâce au Ciel j'entrevoi [3]
Monsieur le Père Ubu qui dort auprès de moi [4].

Faisons la gentille. Eh bien, mon gros bonhomme, as-tu bien dormi ?

---

1. ***Polichinelle*** : personnage ridicule, laid et difforme, du nom d'un personnage de la *commedia dell'arte* qui était bossu.
2. ***Tirer des carottes à quelqu'un*** : lui extorquer de l'argent par ruse.
3. ***J'entrevoi*** : déformation orthographique imitant l'ancien français.
4. Citation parodique de deux vers d'*Andromaque* de Racine : « Grâce au ciel, j'entrevoi/Dieux ! quels ruisseaux de sang coulent autour de moi ! » (acte V, scène V).

PÈRE UBU

Fort mal ! Il était bien dur cet ours !

Combat des voraces contre les coriaces [1], mais les voraces ont complètement mangé et dévoré les coriaces, comme vous le verrez quand il fera jour ; entendez-vous, nobles Palotins ?

MÈRE UBU

Qu'est-ce qu'il bafouille ? Il est encore plus bête que quand il est parti. À qui en a-t-il ?

PÈRE UBU

Cotice, Pile, répondez-moi, sac à merdre ! Où êtes-vous ? Ah ! j'ai peur. Mais enfin on a parlé. Qui a parlé ? Ce n'est pas l'ours, je suppose. Merdre ! Où sont mes allumettes ? Ah ! je les ai perdues à la bataille.

MÈRE UBU, *à part.*

Profitons de la situation et de la nuit, simulons une apparition surnaturelle et faisons-lui promettre de nous pardonner nos larcins [2].

PÈRE UBU

Mais, par saint Antoine ! on parle. Jambedieu ! Je veux être pendu !

MÈRE UBU, *grossissant sa voix.*

Oui, monsieur Ubu, on parle, en effet, et la trompette de l'archange qui doit tirer les morts de la cendre et de la poussière finale ne parlerait pas autrement ! Écoutez cette voix sévère. C'est celle de saint Gabriel qui ne peut donner que de bons conseils.

PÈRE UBU

Oh ! ça, en effet !

---

1. Allusion humoristique au combat des Horaces et des Curiaces, dans l'Antiquité romaine : lors de la guerre entre Rome et Albe, trois frères romains (les Horaces) furent désignés pour combattre trois frères venus d'Albe (les Curiaces).

2. ***Larcins*** : vols.

MÈRE UBU

Ne m'interrompez pas ou je me tais et c'en sera fait de votre giborgne[1] !

PÈRE UBU

Ah ! ma gidouille ! Je me tais, je ne dis plus mot. Continuez, madame l'Apparition !

MÈRE UBU

Nous disions, Monsieur Ubu, que vous étiez un gros bonhomme !

PÈRE UBU

Très gros, en effet, ceci est juste.

MÈRE UBU

Taisez-vous, de par Dieu !

PÈRE UBU

Oh ! les anges ne jurent pas !

MÈRE UBU, *à part.*

Merdre ! *(Continuant.)* Vous êtes marié, Monsieur Ubu ?

PÈRE UBU

Parfaitement, à la dernière des chipies !

MÈRE UBU

Vous voulez dire que c'est une femme charmante.

PÈRE UBU

Une horreur. Elle a des griffes partout, on ne sait par où la prendre.

MÈRE UBU

Il faut la prendre par la douceur, sire Ubu, et si vous la prenez ainsi vous verrez qu'elle est au moins l'égale de la Vénus de Capoue[2].

---

1. ***Giborgne*** : voir note 2, p. 40.
2. ***La Vénus de Capoue*** : statue antique de la déesse de l'amour découverte à Capoue, ville d'Italie.

PÈRE UBU

Qui dites-vous qui a des poux ?

MÈRE UBU

Vous n'écoutez pas, monsieur Ubu ; prêtez-nous une oreille plus attentive. *(À part.)* Mais hâtons-nous, le jour va se lever. Monsieur Ubu, votre femme est adorable et délicieuse, elle n'a pas un seul défaut.

PÈRE UBU

Vous vous trompez, il n'y a pas un défaut qu'elle ne possède.

MÈRE UBU

Silence donc ! Votre femme ne vous fait pas d'infidélités !

PÈRE UBU

Je voudrais bien voir qui pourrait être amoureux d'elle. C'est une harpie [1] !

MÈRE UBU

Elle ne boit pas !

PÈRE UBU

Depuis que j'ai pris la clef de la cave. Avant, à sept heures du matin elle était ronde [2] et elle se parfumait à l'eau-de-vie. Maintenant qu'elle se parfume à l'héliotrope [3] elle ne sent pas plus mauvais. Ça m'est égal. Mais maintenant il n'y a plus que moi à être rond !

MÈRE UBU

Sot personnage ! – Votre femme ne vous prend pas votre or.

PÈRE UBU

Non, c'est drôle !

---

1. ***Harpie*** : voir note 1, p. 80
2. ***Ronde*** : saoule.
3. ***Héliotrope*** : plante à fleurs odorantes.

MÈRE UBU

Elle ne détourne pas un sou !

PÈRE UBU

Témoin monsieur notre noble et infortuné cheval à Phynances, qui, n'étant pas nourri depuis trois mois, a dû faire la campagne entière traîné par la bride à travers l'Ukraine. Aussi est-il mort à la tâche, la pauvre bête !

MÈRE UBU

Tout ceci sont des mensonges, votre femme est un modèle et vous quel monstre vous faites !

PÈRE UBU

Tout ceci sont des vérités. Ma femme est une coquine et vous quelle andouille vous faites !

MÈRE UBU

Prenez garde, Père Ubu.

PÈRE UBU

Ah ! c'est vrai, j'oubliais à qui je parlais. Non, je n'ai pas dit ça !

MÈRE UBU

Vous avez tué Venceslas.

PÈRE UBU

Ce n'est pas ma faute, moi, bien sûr. C'est la Mère Ubu qui a voulu.

MÈRE UBU

Vous avez fait mourir Boleslas et Ladislas.

PÈRE UBU

Tant pis pour eux ! Ils voulaient me taper [1] !

1. L'expression est délibérément puérile.

MÈRE UBU

Vous n'avez pas tenu votre promesse envers Bordure et plus tard vous l'avez tué.

PÈRE UBU

J'aime mieux que ce soit moi que lui qui règne en Lithuanie. Pour le moment ça n'est ni l'un ni l'autre. Ainsi vous voyez que ce n'est pas moi.

MÈRE UBU

Vous n'avez qu'une manière de vous faire pardonner tous vos méfaits.

PÈRE UBU

Laquelle ? Je suis tout disposé à devenir un saint homme, je veux être évêque et voir mon nom sur le calendrier.

MÈRE UBU

Il faut pardonner à la Mère Ubu d'avoir détourné un peu d'argent.

PÈRE UBU

Eh bien, voilà ! Je lui pardonnerai quand elle m'aura rendu tout, qu'elle aura été bien rossée[1] et qu'elle aura ressuscité mon cheval à finances.

MÈRE UBU

Il en est toqué de son cheval ! Ah ! je suis perdue, le jour se lève.

PÈRE UBU

Mais enfin je suis content de savoir maintenant assurément que ma chère épouse me volait. Je le sais maintenant de source sûre. Omnis a Deo scientia, ce qui veut dire : Omnis, toute ; a Deo, science ; scientia, vient de Dieu[2]. Voilà l'explication du

1. ***Rossée*** : battue.

2. Si la phrase latine citée par Ubu est correcte, son explication étymologique est pour le moins fantaisiste…

phénomène. Mais madame l'Apparition ne dit plus rien. Que ne puis-je lui offrir de quoi se réconforter. Ce qu'elle disait était très amusant. Tiens, mais il fait jour ! Ah ! Seigneur, de par mon cheval à finances, c'est la Mère Ubu !

MÈRE UBU, *effrontément.*

Ça n'est pas vrai, je vais vous excommunier [1].

PÈRE UBU

Ah ! charogne !

MÈRE UBU

Quelle impiété.

PÈRE UBU

Ah ! c'est trop fort. Je vois bien que c'est toi, sotte chipie ! Pourquoi diable es-tu ici ?

MÈRE UBU

Giron est mort et les Polonais m'ont chassée.

PÈRE UBU

Et moi, ce sont les Russes qui m'ont chassé : les beaux esprits se rencontrent.

MÈRE UBU

Dis donc qu'un bel esprit a rencontré une bourrique !

PÈRE UBU

Ah ! eh bien, il va rencontrer un palmipède [2] maintenant.

Il lui jette l'ours.

MÈRE UBU, *tombant accablée sous le poids de l'ours.*

Ah ! grand Dieu ! Quelle horreur ! Ah ! je meurs ! J'étouffe ! il me mord ! Il m'avale ! il me digère !

---

1. ***Excommunier*** : exclure quelqu'un de la communion de l'Église catholique.
2. ***Palmipède*** : dont les pieds sont palmés.

PÈRE UBU

Il est mort ! grotesque. Oh ! mais, au fait, peut-être que non ! Ah ! Seigneur ! non, il n'est pas mort, sauvons-nous. *(Remontant sur son rocher.)* Pater noster qui es...

MÈRE UBU, *se débarrassant.*

Tiens ! où est-il ?

PÈRE UBU

Ah ! Seigneur ! la voilà encore ! Sotte créature, il n'y a donc pas moyen de se débarrasser d'elle. Est-il mort, cet ours ?

MÈRE UBU

Eh oui, sotte bourrique, il est déjà tout froid. Comment est-il venu ici ?

PÈRE UBU, *confus.*

Je ne sais pas. Ah ! si, je sais ! il a voulu manger Pile et Cotice et moi je l'ai tué d'un coup de Pater Noster.

MÈRE UBU

Pile, Cotice, Pater Noster. Qu'est-ce que c'est que ça ? Il est fou, ma finance [1] !

PÈRE UBU

C'est très exact ce que je dis ! Et toi tu es idiote, ma giborgne !

MÈRE UBU

Raconte-moi ta campagne, Père Ubu.

PÈRE UBU

Oh ! dame, non ! C'est trop long. Tout ce que je sais, c'est que malgré mon incontestable vaillance tout le monde m'a battu.

MÈRE UBU

Comment, même les Polonais ?

---

1. Jeu sur l'expression « ma parole ».

PÈRE UBU

Ils criaient : Vive Venceslas et Bougrelas. J'ai cru qu'on voulait m'écarteler. Oh ! les enragés ! Et puis ils ont tué Rensky !

MÈRE UBU

Ça m'est bien égal ! Tu sais que Bougrelas a tué le Palotin Giron !

PÈRE UBU

Ça m'est bien égal ! Et puis ils ont tué le pauvre Lascy !

MÈRE UBU

Ça m'est bien égal !

PÈRE UBU

Oh ! mais tout de même, arrive ici, charogne ! Mets-toi à genoux devant ton maître *(il l'empoigne et la jette à genoux)*, tu vas subir le dernier supplice.

MÈRE UBU

Ho, ho, monsieur Ubu !

PÈRE UBU

Oh ! oh ! oh ! après, as-tu fini ? Moi je commence : torsion du nez, arrachement des cheveux, pénétration du petit bout de bois dans les oneilles, extraction de la cervelle par les talons, lacération du postérieur, suppression partielle ou même totale de la moelle épinière (si au moins ça pouvait lui ôter les épines du caractère), sans oublier l'ouverture de la vessie natatoire [1] et finalement la grande décollation renouvelée de saint Jean-Baptiste [2], le tout tiré des très saintes Écritures, tant de l'Ancien que du Nouveau Testament, mis en ordre, corrigé et perfectionné par l'ici présent Maître des Finances ! Ça te va-t-il, andouille ?

Il la déchire.

---

1. ***Vessie natatoire*** : chez certains poissons, organe relié à l'œsophage qui, en se remplissant de gaz, règle l'équilibre de l'animal dans l'eau.
2. ***Jean-Baptiste*** : prophète juif qui fut décapité.

MÈRE UBU

Grâce, monsieur Ubu !

Grand bruit à l'entrée de la caverne.

Scène 2

LES MÊMES, BOUGRELAS
SE RUANT DANS LA CAVERNE AVEC SES SOLDATS.

BOUGRELAS

En avant, mes amis ! Vive la Pologne !

PÈRE UBU

Oh ! oh ! attends un peu, monsieur le Polognard. Attends que j'en aie fini avec madame ma moitié !

BOUGRELAS, *le frappant.*

Tiens, lâche, gueux, sacripant, mécréant, musulman !

PÈRE UBU, *ripostant.*

Tiens ! Polognard, soûlard, bâtard, hussard, tartare, calard[1], cafard, mouchard, savoyard, communard[2] !

MÈRE UBU, *le battant aussi.*

Tiens, capon[3], cochon, félon[4], histrion[5], fripon, souillon, polochon[6] !

Les Soldats se ruent sur les Ubs[7] qui se défendent de leur mieux.

---

1. ***Calard*** : probable néologisme de Jarry.
2. ***Communard*** : nom donné en 1870 aux révoltés de la Commune de Paris.
3. ***Capon*** : poltron, lâche.
4. ***Félon*** : traître.
5. ***Histrion*** : bouffon.
6. ***Polochon*** : dans un texte intitulé *D'Ubu Roi au douanier Rousseau*, les polochons sont décrits comme « des animaux assez semblables à de gros porcs ».
7. ***Ubs*** : expression contractée qui désigne le couple Ubu.

PÈRE UBU

Dieux ! quels renfoncements !

MÈRE UBU

On a des pieds, messieurs les Polonais.

PÈRE UBU

De par ma chandelle verte, ça va-t-il finir, à la fin de la fin ? Encore un ! Ah ! si j'avais ici mon cheval à phynances !

BOUGRELAS

Tapez, tapez toujours !

VOIX AU DEHORS

Vive le Père Ubé, notre grand financier !

PÈRE UBU

Ah ! les voilà. Hurrah ! Voilà les Pères Ubus[1]. En avant, arrivez, on a besoin de vous, messieurs des Finances !

Entrent les Palotins, qui se jettent dans la mêlée.

COTICE

À la porte, les Polonais !

PILE

Hon ! nous nous revoyons, Monsieuye des Finances. En avant, poussez vigoureusement, gagnez la porte, une fois dehors il n'y aura plus qu'à se sauver.

PÈRE UBU

Oh ! ça, c'est mon plus fort. Ô comme il tape.

BOUGRELAS

Dieu ! je suis blessé.

---

1. ***Les Pères Ubus*** : l'expression désigne les partisans d'Ubu.

STANISLAS LECZINSKI

Ce n'est rien, Sire.

BOUGRELAS

Non, je suis seulement étourdi.

JEAN SOBIESKI

Tapez, tapez toujours, ils gagnent la porte, les gueux.

COTICE

On approche, suivez le monde. Par conséiquent de quoye, je vois le ciel.

PILE

Courage, sire Ubu !

PÈRE UBU

Ah ! j'en fais dans ma culotte. En avant, cornegidouille ! Tudez, saignez, écorchez, massacrez, corne d'Ubu ! Ah ! ça diminue !

COTICE

Il n'y en a plus que deux à garder la porte.

PÈRE UBU, *les assommant à coups d'ours.*

Et d'un, et de deux ! Ouf ! me voilà dehors ! Sauvons-nous ! suivez, les autres, et vivement !

Scène 3

La scène représente la province de Livonie couverte de neige.
Les Ubs et leur suite en fuite.

PÈRE UBU

Ah ! je crois qu'ils ont renoncé à nous attraper.

MÈRE UBU

Oui, Bougrelas est allé se faire couronner.

PÈRE UBU

Je ne la lui envie pas, sa couronne.

MÈRE UBU

Tu as bien raison, Père Ubu.

Ils disparaissent dans le lointain.

Scène 4

Le pont d'un navire courant au plus près sur la Baltique. Sur le pont le PÈRE UBU *et toute sa bande.*

LE COMMANDANT

Ah ! quelle belle brise !

PÈRE UBU

Il est de fait que nous filons avec une rapidité qui tient du prodige. Nous devons faire au moins un million de nœuds[1] à l'heure, et ces nœuds ont ceci de bon qu'une fois faits ils ne se défont pas. Il est vrai que nous avons vent arrière.

PILE

Quel triste imbécile.

Une risée[2] arrive, le navire couche et blanchit la mer.

PÈRE UBU

Oh ! Ah ! Dieu ! nous voilà chavirés. Mais il va tout de travers, il va tomber, ton bateau.

LE COMMANDANT

Tout le monde sous le vent, bordez la misaine[3] !

---

1. ***Nœuds*** : unité de vitesse pour les navires et les avions. Jeu de mots.
2. ***Risée*** : brise subite et passagère.
3. ***Misaine*** : voile basse du mât avant.

PÈRE UBU

Ah ! mais non, par exemple ! Ne vous mettez pas tous du même côté ! C'est imprudent ça. Et supposez que le vent vienne à changer de côté : tout le monde irait au fond de l'eau et les poissons nous mangeront.

LE COMMANDANT

N'arrivez pas, serrez près et plein !

PÈRE UBU

Si ! Si ! Arrivez. Je suis pressé, moi ! Arrivez, entendez-vous ! C'est ta faute, brute de capitaine, si nous n'arrivons pas. Nous devrions être arrivés. Oh oh, mais je vais commander, moi, alors ! Pare à virer ! À Dieu vat. Mouillez, virez vent devant, virez vent arrière. Hissez les voiles, serrez les voiles, la barre dessus, la barre dessous, la barre à côté. Vous voyez, ça va très bien. Venez en travers à la lame et alors ce sera parfait.

Tous se tordent, la brise fraîchit.

LE COMMANDANT

Amenez le grand foc [1], prenez un ris [2] aux huniers [3] !

PÈRE UBU

Ceci n'est pas mal, c'est même bon ! Entendez-vous, monsieur l'Équipage ? amenez le grand coq et allez faire un tour dans les pruniers.

Plusieurs agonisent de rire.
Une lame embarque [4].

PÈRE UBU

Oh ! quel déluge ! Ceci est un effet des manœuvres que nous avons ordonnées.

---

1. ***Foc*** : voile triangulaire à l'avant du navire.

2. ***Ris*** : bande horizontale d'une voile que l'on replie pour diminuer la surface de la voilure.

3. ***Huniers*** : voiles carrées fixées au mât de hune.

4. ***Une lame embarque*** : un paquet de mer se répand sur le bateau.

MÈRE UBU ET PILE

Délicieuse chose que la navigation !

Deuxième lame embarque.

PILE, INONDÉ.

Méfiez-vous de Satan et de ses pompes [1].

PÈRE UBU

Sire garçon, apportez-nous à boire.

Tous s'installent à boire.

MÈRE UBU

Ah ! quel délice de revoir bientôt la douce France, nos vieux amis et notre château de Mondragon !

PÈRE UBU

Eh ! nous y serons bientôt. Nous arrivons à l'instant sous le château d'Elseneur [2].

PILE

Je me sens ragaillardi à l'idée de revoir ma chère Espagne.

COTICE

Oui, et nous éblouirons nos compatriotes des récits de nos aventures merveilleuses.

PÈRE UBU

Oh ! ça, évidemment ! Et moi je me ferai nommer Maître des Finances à Paris.

MÈRE UBU

C'est cela ! Ah ! quelle secousse !

COTICE

Ce n'est rien, nous venons de doubler la pointe d'Elseneur.

---

1. ***Pompes*** : vanités du monde. Jarry détourne ici l'expression liturgique « renoncer à Satan et à ses pompes ».

2. ***Elseneur*** : nom du château de Hamlet au Danemark.

PILE

Et maintenant notre noble navire s'élance à toute vitesse sur les sombres lames de la mer du Nord.

PÈRE UBU

Mer farouche et inhospitalière qui baigne le pays appelé Germanie, ainsi nommé parce que les habitants de ce pays sont tous cousins germains.

MÈRE UBU

Voilà ce que j'appelle de l'érudition. On dit ce pays fort beau.

PÈRE UBU

Ah ! messieurs ! si beau qu'il soit il ne vaut pas la Pologne. S'il n'y avait pas de Pologne, il n'y aurait pas de Polonais [1] !

FIN

---

1. Allusion au titre initial de la pièce (voir la présentation, p. 6).

DOSSIER

Avez-vous bien lu ?

1. Jarry est né en :

A. 1645

B. 1899

C. 1873

2. Il a fait ses études à :

A. Montpellier

B. Nantes

C. Rennes

D. Paris

3. Le Père Ubu doit son nom :

A. au grand-père de Jarry

B. à une région de France

C. au nom d'un professeur de lycée de Jarry

4. *Ubu Roi* fut représenté pour la première fois en :

A. 1674

B. 1919

C. 1896

5. La pièce comprend :

A. 3 actes

B. 6 actes

C. 5 actes

6. La geste « ubique » désigne :

A. l'ensemble des manies d'Ubu

B. l'ensemble de ses jurons

C. l'ensemble des épisodes dans lesquels on le retrouve, selon le mot « geste » emprunté au Moyen Âge

D. l'ensemble des gestes d'Ubu

7. Le Père Ubu est :

A. ministre du roi

B. frère du roi
C. capitaine de dragons
D. magistrat

8. Le roi de Pologne se nomme :
A. Pancreas
B. Venceslas
C. Satanas
D. Bougrelas

9. Le seul survivant du massacre de la famille royale est :
A. Venceslas
B. Satanas
C. Ladislas
D. Bougrelas

10. L'action se déroule en :
A. l'an mille
B. l'an 445
C. 1889
D. 1688

11. Elle est située :
A. en Allemagne
B. en Russie
C. en Irlande
D. en Pologne
E. nulle part

12. La Mère Ubu est plutôt :
A. soumise
B. stupide
C. ambitieuse

13. Les palotins sont :
A. des petits diables réputés pour leur pâleur
B. des acolytes d'Ubu chargés du supplice du pal
C. un plat qu'apprécie particulièrement le Père Ubu

D. des instruments de torture

14. La Mère Ubu trouve un trésor caché dans :

A. la cave de Père Ubu

B. le double fond de la machine à décerveler

C. la chambre de la reine

D. la crypte des anciens rois de Pologne

15. Que laisse le Père Ubu à sa femme avant de partir en campagne contre le czar ?

A. son petit bâton

B. sa chandelle verte

C. la régence

D. la carte du trésor

Le fil des événements

Aidez le Père Ubu à retrouver le fil des événements d'*Ubu Roi*.

1. Bataille contre Bougrelas et ses partisans

2. Festin avec les invités et complot

3. Découverte du trésor

4. Prise du pouvoir

5. Apparition des ancêtres de Bougrelas

6. Irruption de l'ours

7. Mort de la reine

8. La Mère Ubu joue les fantômes

9. Défaite et fuite du Père Ubu

10. Intervention du czar et de ses troupes

L'ordre logique est :

....

L'apprenti dramaturge

Devenez dramaturge à votre tour en imaginant qu'au large d'Elseneur des rencontres étranges se produisent. Écrivez de courtes scènes où dialogueraient les couples de personnages suivants. Vous veillerez à respecter les conventions du dialogue théâtral et emploierez des didascalies.

1. Macbeth et le Père Ubu

2. Lady Macbeth et la Mère Ubu

3. Hamlet et Bougrelas

Au fil du texte

MICROLECTURE N° 1 : la scène d'exposition – une parodie de tragédie (acte I, scène I)

Relisez la scène 1 de l'acte I (p. 27-30), puis répondez aux questions suivantes.

La mise en place des éléments de l'intrigue

1. Relevez les éléments qui permettent de définir le cadre spatio-temporel de l'intrigue. Est-il précis ?

2. Qu'apprend-on sur la carrière militaire et la situation du Père Ubu ?

3. En quoi cette exposition annonce-t-elle le début d'une conspiration ?

4. Pourquoi peut-on dire que cette scène relève du grotesque ? Vous justifierez votre réponse en vous référant notamment aux tournures de phrases, à l'enchaînement des répliques et au vocabulaire employé.

Ubu, Père et Mère : un couple infernal

1. Quelles remarques pouvez-vous faire sur le langage employé par les deux personnages ? En quoi peut-on parler d'un comique de langage ?

2. Comment le Père Ubu est-il présenté dans cette première scène ? Que devine-t-on de lui ?

3. Citez au moins deux traits de caractère de la Mère Ubu. En quoi peut-on dire qu'elle exerce ici un ascendant[1] sur son mari ? Vous justifierez votre réponse en relevant des éléments du texte.

MICROLECTURE N° 2 : entre comique et tragique (acte II, scènes 4 et 5)

Relisez les scènes 4 et 5 de l'acte II (p. 49-52), puis répondez aux questions suivantes.

Situation et présentation de l'extrait

1. Rappelez en quelques mots les événements qui se sont produits dans la scène précédente.

2. Que se passe-t-il dans ces deux scènes ?

3. En quoi est-ce déterminant pour la suite ?

Construction dramatique

1. Quelle est la situation dans chacune des deux scènes ? Le registre de langue est-il le même dans la scène 4 et dans la scène 5 ? Vous serez particulièrement attentif aux répliques du Père Ubu (scène 4) et de l'Ombre (scène 5), ainsi qu'aux didascalies.

2. Analysez l'enchaînement des deux scènes. Quel est l'effet produit ?

3. Quels sentiments caractérisent la reine ? Vous justifierez votre réponse en vous référant à des tournures de phrases et à des expressions précises.

---

1. ***Ascendant*** : influence sur quelqu'un.

Le personnage de Bougrelas

1. Quel type de héros incarne le jeune Bougrelas ?

2. Quels sont ses principaux traits de caractère ? Vous serez attentif au vocabulaire qui caractérise son discours.

3. Le nom du personnage vous semble-t-il correspondre à sa fonction dans la pièce ? Comment interprétez-vous ce choix ?

MICROLECTURE N° 3 : un tyran grotesque (acte III, scène 2)

Relisez la scène 2 de l'acte III (p. 60-66). Résumez brièvement les événements des scènes précédentes, puis répondez aux questions suivantes.

La satire de la tyrannie

1. En quoi peut-on dire que le Père Ubu est à la fois grotesque et tyrannique ? Vous serez particulièrement attentif à ses répliques et aux didascalies. Vous identifierez également les formes de comique dans cette scène.

2. Relevez et interprétez les termes désignant des instruments et des lieux de torture.

3. Quel rôle joue ici la Mère Ubu ? Selon vous, ce rôle correspond-il à son caractère dans la pièce ?

Un procès terrifiant et grotesque

1. Quelles sont les fonctions visées par le Père Ubu ? En quoi est-ce significatif ?

2. Analysez les arguments employés par le Père Ubu pour justifier ses décisions. Que pouvez-vous en dire ?

3. La réaction des magistrats et des financiers est-elle la même que celle des nobles ? Pourquoi ?

MICROLECTURE N° 4 : une scène de bataille (acte IV, scènes 3 et 4)

Relisez le texte de l'acte IV, du début de la scène 3 à « *accompagné de Bordure, déguisé* », scène 4 (p. 81-85), puis répondez aux questions suivantes.

Ubu, chef de guerre

1. Résumez les scènes précédentes et présentez la situation.

2. Quelles sont les qualités attendues d'un chef de guerre ? Ubu les incarne-t-il ?

3. Analysez les instructions qu'il donne, aux lignes 34 à 53 (scène 3, p. 83). Que révèlent-elles du personnage ?

4. En quoi est-il effrayant ?

La représentation de la guerre

1. Comment peut-on qualifier l'armée du Père Ubu ? Justifiez votre réponse en citant le texte.

2. Commentez la manière dont sont désignées les armes utilisées.

3. Quelle image de la guerre est ici donnée ?

MICROLECTURE N° 5 : un couple infernal (acte V, scène I)

Relisez la scène 1 de l'acte V, du début à « il me digère (p. 98-105), puis répondez aux questions suivantes.

Une parodie de monologue classique

1. Depuis quand la Mère Ubu n'était-elle pas apparue sur scène ?

2. En vous référant au monologue de la Mère Ubu, de « Enfin me voilà » à « qui voudra » (l. 1-28), résumez son parcours dans la pièce.

Un quiproquo grotesque

1. En quoi peut-on dire que la scène relève d'un comique de situation ?

2. Quel est l'effet produit par les apartés de la Mère Ubu ?

3. En quoi le coup de théâtre prête-t-il également à rire ?

Le dialogue des époux Ubu

1. Relevez et analysez quelques tournures de phrase qui créent un effet comique.

2. Quels portraits le Père et la Mère Ubu dressent-ils l'un de l'autre ?

3. Ce couple est-il finalement bien assorti ?

Aux sources d'*Ubu Roi*

(groupement de textes)

On trouve dans *Ubu Roi* un certain nombre de références à la littérature classique dont étaient sans doute imprégnés les élèves du Père Heb. On perçoit notamment les échos de trois textes dans la pièce d'Alfred Jarry : *Gargantua* de Rabelais, *Hamlet* et *Macbeth* de Shakespeare.

L'œuvre de Rabelais n'offre qu'une ressemblance partielle avec celle de Jarry. Celle-ci réside surtout dans le parti pris du rire et du récit populaire, et dans la démesure qui caractérise les personnages. L'extrait choisi fait apparaître le lien qui existe entre la folie destructrice de Picrochole et celle d'Ubu.

Les ressemblances avec Shakespeare sont plus évidentes, quasiment avouées même dans l'épigraphe et à la fin de la pièce, avec la mention d'Elseneur, région où se situe l'action de *Hamlet*. Bougrelas n'est-il pas un pâle et vague cousin du héros shakespearien, vengeur de son père assassiné ?

Mais c'est avec *Macbeth* que les similitudes sont les plus nettes. *Ubu Roi* reproduit en effet partiellement, tout en la parodiant, la trame de cette pièce qui relate l'assassinat du roi d'Écosse par l'un de ses généraux. En usurpant le trône, Macbeth réalise la prophétie de trois sorcières. On retrouve les principales étapes de ce drame dans *Ubu Roi* : l'ambition grandissante de l'épouse – Lady Macbeth, le complot, l'assassinat lors d'un banquet, la fuite des fils du roi, la folie destructrice de Macbeth devenu tyran, l'affrontement final entre Malcolm, le fils du roi soutenu par les troupes anglaises, et les nobles d'Écosse. *Ubu Roi* apparaît donc comme un croisement burlesque et délirant de *Hamlet* et de *Macbeth*.

Rabelais, *Gargantua* (1535)

Roman mi-populaire mi-savant écrit par François Rabelais au XVIe siècle, *Gargantua* met en scène un géant dont la vie et l'éducation sont prétexte à de formidables éclats de rire (« Rire est le propre de l'homme »), mais aussi à une véritable leçon d'humanisme.
L'épisode de la guerre picrocholine qui oppose le roi Picrochole à Grangousier, le père de Gargantua, est une critique de la tyrannie et des guerres de conquête. C'est aussi une première intrusion d'un comique absurde dans notre littérature, car la cause de cette guerre sanguinaire n'est autre qu'une vulgaire querelle entre des bergers et des marchands de brioche.

[La guerre picrocholine]

Incontinent [1], Picrochole entra dans un courroux furieux et, sans plus chercher le pourquoi ni le comment, il fit crier par le pays le ban et l'arrière-ban [2], et ordonna que chacun, sous peine de la corde [3], se trouvât en armes en la grand-place devant le château, à l'heure de midi.

1. ***Incontinent*** : aussitôt.
2. ***Il fit crier* [...] *le ban et l'arrière-ban*** : il fit mobiliser ses troupes.
3. ***Sous peine de la corde*** : sous peine d'être pendu.

Pour mieux confirmer son entreprise, il envoya battre le tambour autour de la ville. Lui-même, cependant qu'on apprêtait son dîner, alla faire mettre son artillerie sur l'affût [1], déployer ses enseignes et ses oriflammes [2], et charger force munitions, tant d'armes que de provisions de bouche.

En dînant, il distribua les rôles aux uns et aux autres, et par son édit le seigneur Trepelu [3] fut placé à l'avant-garde, où l'on comptait seize mille quatorze arquebusiers et trente-cinq mille onze fantassins.

À l'artillerie fut placé le Grand Écuyer Touquedillon [4]. On y comptait neuf cent quatorze grosses pièces de bronze : canons, doubles canons, basilics, serpentines, couleuvrines, bombardes, faucons, passevolants, spiroles et autres pièces [5]. L'arrière-garde fut donnée au duc Raquedenare [6]. Au cœur de la bataille se tinrent le roi et les princes de son royaume.

Ainsi sommairement organisés, avant de se mettre en route, ils envoyèrent trois cents cavaliers sous la conduite du capitaine Engoulevent [7], pour explorer le pays et savoir s'il n'y avait pas quelque embûche dans la contrée. Mais après avoir cherché avec diligence, ils trouvèrent tout le pays en paix et en silence, sans aucun rassemblement.

À ces nouvelles, Picrochole commanda que chacun se mît en marche, sous son enseigne, sans tarder.

Alors, sans ordre ni mesure, ils gagnèrent les champs, pêle-mêle, gâtant et détruisant tout là où ils passaient, sans épargner ni pauvre ni riche, ni lieu sacré ni profane. Ils emmenaient bœufs, vaches, taureaux, veaux, génisses, brebis, moutons, chèvres et boucs, poules, chapons, poulets, oisons, jars, oies, porcs, truies, gorets ; abattant les noix, vendangeant les vignes, emportant les ceps, secouant tous les

---

1. ***L'affût*** : pièce en bois ou en métal servant de support à une pièce d'artillerie.
2. ***Oriflammes*** : étendards.
3. ***Trepelu*** : le « minable ».
4. ***Touquedillon*** : le « peureux ».
5. ***Autres pièces*** : cette liste contient toutes sortes de canons : des canons massifs, d'autres longs et fins, ou de petites pièces trapues.
6. ***Raquedenare*** : le « grippe-sou ».
7. ***Engoulevent*** : qui avale le vent.

fruits des arbres. C'était un désordre innommable, et ils ne trouvèrent personne qui leur résistât. Mais chacun se mettait à leur merci, les suppliant de les traiter plus humainement, en considération de ce qu'ils avaient été de tout temps de bons et aimables voisins : jamais ils n'avaient commis envers eux d'excès ou d'outrage, pour être ainsi tout à coup maltraités, et Dieu les en punirait sous peu. À ces remontrances, les autres ne répondaient rien, sinon qu'ils voulaient leur apprendre à manger de la fouace [1].

Rabelais, *Gargantua*, trad. Françoise Joukovsky, Flammarion, coll. « Étonnants classiques », 1995, rééd. 2007, p. 58-59.

1. De quel épisode d'*Ubu Roi* pouvez-vous rapprocher ce passage ?

2. Comparez la représentation de la guerre dans ce passage et dans la pièce de Jarry.

3. Relevez les procédés comiques employés dans cet extrait, en vous intéressant tout particulièrement au comique de langage. Quels procédés retrouvez-vous dans *Ubu Roi* ?

Shakespeare, *Hamlet* (1600)

Hamlet est un héros à la personnalité complexe, frappé par la fatalité. Pour venger son père, dont le spectre lui a appris l'assassinat, il doit tuer son oncle meurtrier, devenu roi de Danemark après avoir épousé sa mère. La scène v de l'acte I se déroule sur les remparts du château d'Elseneur. Le spectre de son père apparaît à Hamlet et lui dévoile le secret de sa mort en réclamant vengeance.

À deux reprises, Jarry fait lui-même intervenir des spectres dans sa pièce, ceux des ancêtres de Bougrelas et le faux spectre de la Mère Ubu, dans des scènes volontairement grotesques qui contrastent avec l'ampleur tragique de la scène shakespearienne.

1. *Fouace* : brioche.

Acte I
scène V

HAMLET

Où veux-tu m'entraîner ? Parle, je n'irai pas plus loin.

LE SPECTRE

Écoute-moi.

HAMLET

Je le veux bien.

LE SPECTRE

L'heure est presque venue
Où vers les flammes de soufre et de tourment
Il me faut retourner.

HAMLET

Hélas, pauvre fantôme !

LE SPECTRE

Ne me plains pas, mais veille à tout entendre
De ce que je vais dévoiler.

HAMLET

Parle, il faut que je t'entende.

LE SPECTRE

Et que tu me venges quand tu m'entendras.

HAMLET

Quoi ?

LE SPECTRE

Je suis l'esprit de ton père,
Condamné pour un certain temps à hanter la nuit
Et, tout le jour reclus, à jeûner dans les flammes
Pour que les noires fautes de mes jours ici-bas
Soient purgées par le feu. S'il n'était interdit
De dire les secrets de ma prison,
Je révélerais un conte dont le plus petit mot

Retournerait ton âme et glacerait ton jeune sang ;
Tes deux yeux, tels des astres, jailliraient de l'orbite,
Tes boucles tressées se dénoueraient
Et chaque cheveu se dresserait tout droit
Comme les piquants du farouche porc-épic.
Mais ce blason d'éternité ne doit se dire
Aux oreilles de chair et de sang. Écoute, écoute, oh, écoute !
Si tu as jamais aimé ton tendre père,

HAMLET

Ô Dieu !

LE SPECTRE

Venge son meurtre ignoble et monstrueux.

HAMLET

Meurtre !

LE SPECTRE

Meurtre très ignoble et, si tous le sont,
Entre tous très ignoble, étrange et monstrueux.

HAMLET

Vite, fais-le-moi vite connaître, que d'une aile aussi vive
Que la réflexion ou les pensées d'amour
Je vole à ma vengeance.

LE SPECTRE

Je t'y vois prêt.
Et tu serais plus mou que l'herbe grasse
Qui pourrit à son aise aux rives du Léthé [1]
Si tu ne bougeais pas. Maintenant, Hamlet, écoute.
On dit partout que je dormais en mon verger
Et qu'un serpent m'a mordu – ainsi l'oreille de tout le Danemark,
Parce que l'on a contrefait l'histoire de ma mort,
Est grossièrement abusée. Mais sache-le, toi qui es noble et jeune :
Le serpent qui a pris la vie de ton père

---

1. ***Léthé*** : dans la mythologie grecque, il s'agit du fleuve de l'oubli, l'un des cinq fleuves de l'Enfer.

Porte aujourd'hui sa couronne.

HAMLET

Tu es prophète, Ô mon âme !
Mon oncle !

LE SPECTRE

Oui, cette bête incestueuse et adultère
Usant des sortilèges de son esprit et de dons perfides –
Qu'ils sont retors l'esprit et les dons qui ont pouvoir
De séduire ainsi ! – a gagné à ses coupables désirs
Le vouloir de ma reine qui semblait si vertueuse.

William Shakespeare, *Hamlet*, trad. François Maguin,
GF-Flammarion, 1995, I, v, p. 113-117.

Shakespeare, *Macbeth* (1606)

Macbeth est un roi d'Écosse né en 1040 et mort en 1057, qui parvint au trône en assassinant Duncan Ier et fut tué par le fils de ce dernier. Shakespeare s'en est inspiré pour écrire son drame. Mais, contrairement à Jarry, il donne à ses personnages une conscience et les fait se débattre avec le mal.

Dans la scène VII de l'acte I, Lady Macbeth – qui sombre dans la folie à la fin de la pièce et meurt en proie au remords – insuffle à son époux sa soif de pouvoir et le pousse au meurtre. L'aparté entre les deux époux a lieu durant un banquet.

À certains égards, on peut voir dans la Mère Ubu une cousine éloignée et dégénérée de la noble et maléfique lady shakespearienne...

Acte I
scène VII

MACBETH

Nous n'irons pas plus loin dans cette affaire :
Il vient de m'honorer, et j'ai gagné,
Pour toute espèce de peuple, renom doré
Qui ne peut être terni de son tout nouvel éclat
Ni aussi vite rejeté.

LADY MACBETH

Était-il saoul, l'espoir
Dans lequel vous étiez vêtu ? et a-t-il dormi depuis ?
Et se réveille-t-il maintenant, pour regarder pâle et vert
Ce que librement il voulait ? À partir de ce moment
J'évalue ainsi ton amour. As-tu la peur
D'être en ton acte véritable et ton courage
Le même que tu es en désir ? Tu voudrais
Avoir ce que tu crois ornement de la vie,
Et comme un couard vivre devant ta conscience
Laissant « je n'ose pas » veiller sur « je voudrais »,
Comme le pauvre chat du proverbe [1] ?

MACBETH

Allons, paix :
J'ose tout ce qui peut convenir à un homme ;
Qui ose plus n'en est pas un.

LADY MACBETH

Donc quelle bête
Vous a fait révéler cette entreprise à moi ?
Quand vous l'avez osé, alors vous étiez homme ;
Être plus que ce que vous étiez, ce serait
Être homme d'autant plus. Ni le temps ni le lieu
Ne s'accordaient alors, vous voulûtes les faire ;
Ils se sont eux-mêmes faits, et maintenant leur accord

---

1. Le proverbe indique ceci : « Le chat voudrait manger le poisson, mais il ne veut pas se mouiller les pattes. »

Vous défait vous. J'ai allaité et sais
Combien tendre est d'aimer le bébé qui me trait –
J'aurais, tandis qu'il souriait à mon visage,
Arraché le mamelon à sa gencive édentée
Et fait éclater son cerveau, si j'avais juré comme vous
Avez juré.

MACBETH

Et si nous manquions le coup ?

LADY MACBETH

Nous, manquer ?
Mais tendez votre courage jusqu'à la note soutenue,
Et nous ne le manquerons pas. Lorsque Duncan
Sera bien endormi (à quoi l'incitera
Profondément le jour plutôt dur du voyage)
Ses deux chambellans [1] je les abattrai
Si fort avec le vin et les hanaps [2],
Que la mémoire, cette gardienne du cerveau,
Sera fumée, et le réservoir de raison
Seulement un alambic [3] : quand dans un bestial sommeil
Leurs natures détrempées gisent comme en la mort,
Ah, que ne pourrons-nous accomplir vous et moi
Sur ce Duncan sans défense ? et que ne mettre sur le compte
De ces ivres officiers, qui pourront porter la faute
De notre grande boucherie ?

MACBETH

N'engendre que des enfants hommes !
Car ton esprit indompté ne doit composer jamais
Rien que des mâles. Quand nous les aurons marqués
De sang ces endormis, et dans sa même chambre,
Et employé leurs vrais poignards, ne sera-t-il pas clair
Que c'est eux qui l'ont fait ?

---

1. ***Chambellans*** : gentilshommes chargés du service de la chambre du souverain.
2. ***Hanaps*** : vases à boire.
3. ***Alambic*** : appareil servant à la fabrication d'eau-de-vie.

LADY MACBETH

Qui osera comprendre
Autrement, quand nos chagrins et nos clameurs
Retentiront sur sa mort ?

MACBETH

Je suis décidé,
Je tends les instruments du corps vers cette terrible action.
Allons, et moquons le temps par l'aspect le plus riant :
Visage faux doit cacher ce que le cœur faux connaît.

Shakespeare, *Macbeth*, trad. Pierre Jean Jouve, Flammarion, coll. « Étonnants classiques », 2005, rééd. 2006, I, VII, p. 57-60.

1. De quel passage de la pièce *Ubu Roi* pouvez-vous rapprocher cet extrait ? Justifiez votre réponse.

2. Comparez les personnages de la Mère et du Père Ubu à Lady Macbeth et à son époux. En quoi ces deux couples de personnages se ressemblent-ils ? Qu'est-ce qui les distingue ?

3. Comment caractériseriez-vous le style de ce texte ? Quelles figures de style emploie ici Shakespeare ? Relevez des métaphores ainsi que des périphrases, et expliquez-les.

4. Les textes de ce groupement sont autant de sources littéraires de la pièce d'Alfred Jarry, reprises et détournées dans *Ubu Roi*. Selon vous, quelle(s) fonction(s) servent ces pastiches ?

Histoire des arts

Ubu, source d'inspiration pour les artistes

Dès sa création, le personnage éponyme d'*Ubu Roi* a fait l'objet de nombreuses représentations picturales. Alfred Jarry l'a lui-même dessiné sous la forme d'un personnage au ventre énorme (voir p. 14),

croquis dont s'est inspiré Jean-Christophe Averty dans son adaptation télévisée de 1965 (voir « Un livre, un film », p. 138). Symbole des appétits bestiaux de l'homme, le personnage a influencé par la suite de nombreux artistes du XXe siècle.
En vous appuyant sur les œuvres reproduites p. 14 et p. 1-2 du cahier photos, vous répondrez aux questions suivantes.

Alfred Jarry, *Véritable portrait de monsieur Ubu* (1896)

Décrivez de manière détaillée la silhouette et le costume du personnage : que suggèrent-ils ?

Max Ernst, *Ubu imperator* (1923)

1. À quel mouvement pictural et littéraire appartient Max Ernst ? À l'aide de recherches en ligne, vous résumerez en un paragraphe les principales caractéristiques de ce mouvement.

2. Décrivez précisément la composition du tableau : quelle place occupe le Père Ubu par rapport au décor ? Que suggère ce choix ?

3. Quels éléments sont réalistes dans ce tableau ? Lesquels ne le sont pas ? Quel est l'effet produit ?

4. Quelles sont les couleurs dominantes ? Commentez ce choix.

5. Comment le Père Ubu est-il figuré ? Cette représentation vous paraît-elle surprenante ? Pourquoi ?

6. En quoi ce tableau relève-t-il du surréalisme ?

Dora Maar, *Père Ubu* (1936)

1. Qui était Dora Maar ? De qui fut-elle la compagne ? Vous effectuerez des recherches en ligne ou au CDI pour répondre à la question.

2. Décrivez cette photographie de manière détaillée.

3. À quels aspects de la psychologie d'Ubu vous semble-t-elle correspondre ?

Joan Miró et *Ubu Roi*

Le peintre Joan Miró (1893-1983) a réalisé une série de lithographies[1] sur le thème d'*Ubu Roi* pour les éditions Tériade en 1966, intitulée « Suite pour *Ubu Roi* ». Pour le peintre catalan, le personnage du Père Ubu, aussi tyrannique que grotesque, éclaire les horreurs du XXe siècle : la pièce de Jarry peut en effet se lire comme un présage funeste des crimes de Franco[2].
En vous appuyant sur l'œuvre reproduite p. 2 du cahier photos, vous répondrez aux questions suivantes.

Ubu Roi, « La Revue » (1966)

1. Quelles remarques pouvez-vous faire sur la palette de couleurs utilisée par le peintre ? Vous paraît-elle correspondre au personnage d'*Ubu Roi* et au ton de la pièce ? Pourquoi ?

2. Cette peinture est-elle figurative ou abstraite ? Quelles formes pouvez-vous identifier ? Laquelle vous semble correspondre à la figure d'Ubu ?

La représentation de la violence dans l'art

En vous appuyant sur les œuvres reproduites p. 3 et 4 du cahier photos, vous répondrez aux questions suivantes.

Le Caravage, *Judith décapitant Holopherne* (1598)

1. Effectuez une recherche sur l'histoire de Judith et d'Holopherne.

---

1. ***Lithographies*** : reproductions obtenues grâce à un procédé d'impression qui utilise une pierre calcaire gravée.
2. ***Francisco Franco*** (1892-1975) : général et homme d'État espagnol qui participa à la guerre civile d'Espagne (1936), fut nommé à la tête de l'armée rebelle, avant d'instituer l'une des plus longues dictatures du XXe siècle, de 1939 jusqu'à sa mort.

2. Quel instant le peintre a-t-il choisi de représenter ?

3. Analysez l'effet produit par le clair-obscur et le cadrage.

4. Détaillez l'expression des visages. Quels sentiments expriment-ils ?

Eugène Delacroix, *La Mort de Sardanapale* (1827)

1. Qui est Sardanapale ? À l'aide de recherches en ligne ou au CDI, racontez sa vie en quelques lignes. Quels éléments de sa personnalité peuvent vous faire penser à la pièce *Ubu Roi* ?

2. Quel épisode de son histoire le peintre a-t-il choisi de représenter ?

3. Étudiez attentivement la composition : quelle proportion du tableau occupe Sardanapale sur son lit ? Dans quelle position est-il figuré ?

4. Quelles lignes de force orientent le regard du spectateur ? Vers quel élément le peintre attire-t-il notre attention ? Pourquoi, selon vous ?

5. Comment les autres figures sont-elles disposées ?

6. En quoi la couleur et l'utilisation de la lumière sont-elles ici déterminantes dans la dramatisation de la scène ?

Éducation aux nouveaux médias

Mieux connaître Alfred Jarry et son théâtre

Rendez-vous à l'adresse : **www.alfredjarry.fr/amisjarry**, puis répondez aux questions suivantes.

1. Qu'est-ce que la Société des Amis d'Alfred Jarry ? Quand a-t-elle été fondée ?

2. Après avoir parcouru les différents onglets, rendez-vous dans la rubrique « Documents », puis cliquez sur « Collection de la bibliothèque de Laval ». Sélectionnez trois images au choix. Présentez-les en quelques lignes et expliquez pourquoi vous les avez choisies.

Ubu Roi et Miró

Du 25 octobre au 3 janvier 2010, le musée Matisse du Cateau-Cambrésis a proposé une exposition intitulée « Miró et Tériade : l'aventure d'Ubu ». Trouvez dans un moteur de recherche l'article intitulé « Miró-Alfred Jarry : la rencontre autour du père Ubu au musée Matisse » sur le site **LaDepeche.fr** (www.ladepeche.fr/article/2009/10/24/701232-miro-alfred-jarry-rencontre-autour-pere-ubu-musee-matisse.html).

1. Dans quelles circonstances le peintre Miró et les éditions Tériade se sont-ils intéressés à l'œuvre d'Alfred Jarry ? Quel événement de la vie de Miró a pu le rendre sensible à cette pièce ?

2. Expliquez brièvement en quoi consistait cette exposition. Quelles pièces y étaient exposées ?

Ubu Roi en musique !

Rendez-vous sur le site de l'Institut de recherche et coordination accoustique/musique (IRCAM) à l'adresse suivante : **ressources.ircam.fr**.

1. Trouvez deux musiciens qui ont composé une œuvre sur *Ubu Roi*.

2. Datez ces œuvres et notez pour quels instruments elles ont été composées.

3. Choisissez parmi ces œuvres celle qui vous semble la plus appropriée à l'univers de la pièce et expliquez les raisons de votre choix.

Navigation libre

Proposez deux photos de mises en scène récentes d'*Ubu Roi* et expliquez en quoi elles vous paraissent intéressantes. Vous prêterez notamment attention aux costumes portés par les personnages, aux décors, ainsi qu'aux expressions des acteurs et à leur position sur la scène. Vous ferez également une recherche sur le metteur en scène afin d'éclairer ses intentions. Vous pourrez pour cela vous aider d'interviews, du dossier de presse, de la note d'intention (parfois disponible sur le site du théâtre), etc.

Un livre, un film

Ubu Roi de Jean-Christophe Averty (France, 1965)

Né en 1928, Jean-Christophe Averty fait ses premiers pas à la télévision française en 1952 et se distingue rapidement par son esprit créatif et audacieux. Il réalise au cours de sa carrière plus de cinq cents programmes aussi divers que des shows de variétés, des fictions, des captations de concerts de jazz et des adaptations théâtrales.

Fasciné par l'œuvre d'Alfred Jarry, il dirige une adaptation d'*Ubu Roi ou les Polonais* pour la télévision en 1965. Il crée ensuite *Ubu enchaîné* (1971), *Le Surmâle* (1980) et *Ubu cocu ou l'Archéoptérix* (1981).

Sa mise en scène d'*Ubu Roi* repose sur la technique du kinéscope [1]. Les moyens offerts par la vidéo permettent en effet au réalisateur de jouer sur une juxtaposition des plans dans l'écran et créent l'impression d'un univers qui n'obéit pas aux lois de la physique, à l'inverse d'une captation traditionnelle de pièce de théâtre interprétée sur scène. Les personnages qui ont un rôle déterminant occupent le premier plan, et le cadrage ainsi que le mixage traduisent les relations entre les

1. ***Kinéscope*** : dispositif permettant d'enregistrer des images de télévision sur pellicule cinématographique.

personnages. Le décor est quasi absent et se résume à quelques accessoires qui se détachent sur un fond uniformément noir, renforçant le sentiment qu'a le spectateur d'être face à un monde onirique [1]. Jean Christophe Averty s'inspire, pour le personnage éponyme, de la silhouette imposante imaginée par Jarry (voir p. 14) et dont la spirale ombilicale souligne le caractère grotesque et loufoque. Cette spirale fait partie des éléments qui sont animés : elle devient tantôt un bouclier tantôt une cible, et permet le passage d'une image à une autre.
Ainsi l'image et le cadrage sont-ils au cœur du processus de création dans cette adaptation ubuesque et audacieuse.

Jean-Christophe Averty et les trucages dans *Ubu Roi*

Visionnez l'interview de Jean-Christophe Averty sur le site de l'INA à l'adresse suivante : **www.ina.fr/video/I04282934**.

1. Dans quelles circonstances Jean-Christophe Averty a-t-il découvert *Ubu Roi ?*

2. Comment caractérise-t-il le personnage d'Ubu dans cette interview ?

3. Combien de temps a pris la production de la pièce pour la télévision ?

4. Recherchez les définitions des mots suivants : « incrustation », « cartouche », « plan fixe », « gros plan », « plan d'ensemble », « profondeur dans le champ ». Comment Jean Christophe Averty a-t-il utilisé ces procédés dans la scène du décervelage ?

5. À quel type d'art compare-t-il sa mise en images de la pièce *Ubu Roi* ?

1. ***Onirique*** : qui évoque le rêve.

Analyse du générique de début

Des versions en ligne du film sont disponibles sur le site YouTube. Visionnez le générique de début puis répondez aux questions ci-dessous :

1. Commentez le choix de la musique. Vous semble-t-elle appropriée à la pièce de Jarry ? Quelle relation observez-vous entre la musique et les images du générique ?

2. Quels éléments de la pièce sont annoncés par les animations ?

3. Ce générique vous semble-t-il correspondre au mélange de registres qui caractérise la pièce d'Alfred Jarry ? Vous justifierez votre réponse.

Analyse de séquences

Acte I, scène 1

Le jeu des acteurs

1. Décrivez et commentez le choix des costumes et du maquillage des comédiens. En quoi vous semble-t-il refléter leur psychologie et leur rôle dans la pièce ?

2. Qu'a repris Averty du dessin de Jarry (p. 14) ?

3. Quelles remarques pouvez-vous faire sur la diction des acteurs ?

4. Comment le premier mot de la pièce est-il mis en valeur ?

5. De quelle façon l'image et le mixage des plans suggèrent-ils le caractère dominateur de la Mère Ubu et l'influence qu'elle exerce sur son mari ?

Le décor et les accessoires

1. Comment le réalisateur suggère-t-il l'absence de repères géographiques et crée-t-il un nouvel espace qui n'a rien de réaliste ?

2. Quels accessoires caractérisent chacun des personnages ?

3. Comment sont-ils mis en valeur ?

■ Jean Bouise et Rosy Varte dans l'adaptation télévisuelle d'*Ubu Roi*, réalisée par Jean-Christophe Averty (1965).

■ Jean Bouise dans l'adaptation télévisuelle d'*Ubu Roi*, réalisée par Jean-Christophe Averty (1965).

■ Henri Rousseau, dit le Douanier Rousseau (1844-1910), *La Guerre* (v. 1894), Paris, musée d'Orsay.

Acte II, scènes 2, 3 et 4

1. Comment la réalisation souligne-t-elle la violence du putsch ?

2. Par quels procédés suggère-t-elle également le mouvement, l'agitation et la fureur ?

3. Dans quelle position se trouvent Bougrelas et sa mère ? De qui cela les rapproche-t-il ?

4. Comment l'étendue du pouvoir du Père Ubu est-elle symbolisée ?

Acte III, scène 2

1. Repérez, dans l'extrait, les procédés évoqués par Jean-Christophe Averty dans l'interview donnée en 1965. Quel est l'effet produit sur le téléspectateur ?

2. Comment les nobles, les magistrats et les financiers sont-ils représentés ? Quel est l'effet ainsi produit ?

3. Trois pots de chambre apparaissent dans cet extrait. Comment sont-ils utilisés ? Quel est l'effet produit ?

4. Analysez la représentation des instruments de torture. Comment la répétition contribue-t-elle à rendre la scène inquiétante ?

5. Quel rôle joue la bande-son ?

Documents iconiques

Comparez le photogramme d'*Ubu Roi* dans l'adaptation télévisuelle de Jean-Christophe Averty et le tableau du Douanier Rousseau (p. 142).

1. À quel moment de la pièce le photogramme correspond-il ?

2. Quels éléments graphiques Jean-Christophe Averty a-t-il repris ?

Notes et citations

Notes et citations

Notes et citations

Notes et citations

Notes et citations

Création maquette intérieure :
Sarbacane Design.

Composition : IGS-CP.
N° d'édition : L.01EHRN000495.C002
Dépôt légal : octobre 2016
Imprimé en Espagne par Novoprint (Barcelone)